KB072223

철수 삼촌

삼촌

김남윤 지음

팩토리나인

차례

UNDER CON

DER CONSTRUCTION

UNDER CONSTRUCTION

살인

두일은 중견 형사다. 그리고 기러기 아빠다. 아내와 딸, 그리고 아들은 캐나다로 유학을 떠났다. 아내 수진은 아이들이 한 살이라도 어릴 때 경쟁 위주의 한국보다는 입시 스트레스가 없으면서 어학도 익힐 수 있는 조기 유학을 강력히 주장했다. 모자란 벌이를 이유로 반대하기에 그녀의 교육관은 너무나 확고했다. 아들과 딸인 민기와 예지도 해외 생활에 환상이 있었다. 가장으로서 보내지 않을 수 없었다. 두일에게는 좋은 아빠가 되고 싶다는 꿈이 있었다.

큰 결심과 달리, 막상 기러기 아빠가 되고 보니 꽤 괜찮았다. 결혼하기 이전의 자유를 되찾은 느낌이었다. 대단한 것도 필요 없었다. 옷가지를 아무 데나 던져둬도, 치킨과 피자로 끼니를 때워도, 보고 싶은 TV 채널을 봐도 누구 하나 잔소리하지 않았다. 간혹 외로울 때도 있지만 매일 아침이면 영상통화로 마음을 달랠 수 있었다. 아이들이 방학이면 캐나다로 가서 시간을 보내기도 했다. 두일에게는 의외로 나쁘지 않은 생활이었다.

하지만 곧 현실에 부딪혔다. 매달 부쳐야 하는 유학비는 만만치 않았다. 특히 교육비와 생활비는 당초의 금액에서 슬금슬금 부풀더니, 더는 두일의 월급으로 감당할 수 없는 지경에 이르렀다. 하지만 시작하지 않았으면 모르되, 시작한 이상 멈출 수도 없었다. 두일은 이제 치킨과 피자 대신 3분 카레와 라면을 먹고, 난방 대신 전기장판을, 에어컨 대신 선풍기를 쓰기 시작했다. 그러고도 생활비가 쪼들렸지만, 가족을 위해서라면 감내할 수 있었다. 두일에게는 꽤 헌신적인 면이 있었다.

하지만 헌신만으로는 현실을 충족할 수 없었다. 형사 월급이란 온갖 수당까지 다 쳐봐야 그 액수가 뻔해서, 이미 부풀 대로 부푼 두 아이의 유학 비용을 감당하기는 불가능했다. 그는 알음알음 빼 쓰던 저금이 동나자, 주위에서 돈을 빌리기 시작했다. 하지만 여전히 다른 수익은 없어 친구와 동료를 볼 면목이 없어질 따름이었다. 밑 빠진 독에 물을 채우는 꼴이 아닌가, 두일 역시 생각했지만 마땅한 방법이 없었다. 두일에게는 벅찬 현실을 타개할 지혜가 없었다.

공무원 대출까지 있는 대로 다 받은 이후에는 아파트 담보대출을 받았다. 하지만 어느 지경에 이르러서는 대출 이자도 갚지 못하게 됐는데, 이 말은 곧 집이 넘어갈 수도 있다는 말과 다름이 없었다. 두일에게 집은 그의 전부였다. 일평생을 바쳐 마련한 안식처였고, 필사적으로 지켜야 하는 보금자리였다. 집이 담보로 넘어가는 것만큼은 무슨 수를 쓰든 막아야 했다. 두일에게는 별다른 선택지가 없었다.

두일은 정말 그러면 안 된다는 것을 알고 있었다. 하지만 별수 없었다. 발등에 불이 떨어지면 이성이 마비되고 시야가 좁아지며 판단이 흐려진다. 두일은 눈앞의 불을 끄는 데에 급급했다. 두일은 정말 그러면 안 된다는 것을 알고 있었다. 하지만 그에게는 남은 방법이 없었다. 그의 발걸음은 사설 대부업체, 즉 사채업체를 향했다. 집의 담보도 은행에서 사채업체로 재설정되었다. 어느 순간 정신을 차리고 보니 빚이 눈더미처럼 불어 있었다. 두일에게는 이제 돌아갈 길이 없었다.

당장 두일이 할 수 있는 것이라고는 승진하고 호봉을 올려 빚을 착실하게 갚는 방법밖에 없었다. 경위인 두일이 경감으로 승진하기 위해서는 시험성적과 근무 실적이 동시에 필요했다. 그러나 두일의 시험성적과 근무 실적은 좋을 수가 없었다. 20대의 열정은 식은 지 오래였고, 30대의 안정감은 빚더미에 무너졌다. 무엇보다, 은행과 사채업체의 독촉 앞에서 다른 무언가에 집중할 겨를이 없었다.

두일은 근무 시간이 끝나면 퇴근하지 않고 홀로 남아서 승진 시험 공부를 했다. 물론 책을 펴놓긴 했지만 제대로 공부하지는 않았다. 그저 시간외근무수당이라도 조금 더 타겠다는 속내였다.

점심은 구내식당에서, 저녁은 구내식당 아주머니들의 눈치를 받으면서 꿋꿋이 싸 온 도시락으로 해결했다. 구내식당 아주머니들은 다른 직원들보다 밥과 반찬을 몇 배나 받아가는 두일에게 따가운 눈총을 보냈다. 그럴 때마다 두일은 능청맞게 웃으며 눈 가리고 아웅 했다.

"후배 녀석 하나가 지금 밖에 출동해 있어서요. 서에 들어오면 점심시간이 끝날 것 같은데 제가 아니면 누가 이런 걸 챙기겠어요?"

두일은 심지어 경찰서 화장실 세면대에서 팬티와 양말을 빨래하고 도시락통을 씻었다. 하다 하다 머리까지 감을 때도 있었는데, 그럴 때면 어디선가 앙칼진 여성의 목소리가 들리기도 했다.

“몇 번을 말해요?”

청소부 아주머니였다. 그녀는 도끼눈이 된 채 째려보고 있었다. 두일은 그녀의 표정을 보고 잠시 당황했지만 이내 실실 웃으면서 사람 좋은 표정을 지었다.

“누님, 굿모닝.”

“굿모닝은 얼어 죽을! 거기서 머리 감으면 배수구 막힌다고 몇 번을 말해요?”

청소부 아주머니가 버럭 소리 지르며 화를 냈지만 두일의 미소는 사라지지 않았다.

“에이 누님. 한 번만 봐줘요. 내가 모닝커피 타다 드릴게. 블랙? 아님 믹스?”

“됐어요!”

청소부 아주머니가 다시 소리를 지르고 손에 들고 있던 대걸레로 화장실 바닥을 닦았다.

“이것들은 도대체 조준을 어떻게 하는 거야? 대가릴 확 꿰매버려야 정신을 차리지!”

두일이 움찔했다.

“나와요!”

청소부 아주머니는 두일을 밀어버리겠다는 기세로 두일의

발밑을 집중적으로 대걸레질 했다. 두일은 점점 구석으로 내몰렸다.

두일은 매일 아침 캐나다에 있는 가족과 영상통화를 했다. 요즘 따라 부쩍 외로움을 타는 두일에게 가족과의 영상통화는 하루의 유일한 낙이었다. 한국에서의 아침은 캐나다에서의 저녁이기 때문에 가족이 하루를 마치는 시각은 두일이 하루를 시작하는 시각이기도 했다. 두일은 딸 예지에게 손을 흔들며 미소를 지었다.

"우리 딸 저녁 먹었어?"

"아빠, 나 다이어트 중이라고 했잖아."

언젠가부터 예지는 퉁명스러워졌다. 그래도 아내 수진에 비하면 양호했다.

"이번 달 생활비 보내라고 한지가 언젠데, 안 보낼 거야?"

"환율 떨어지고 보내면 안 될까?"

"당장 급하다고 몇 번을 말해."

"알았어. 오늘 보낼게."

두일은 수진의 화를 더 돋우기 전에 황급히 통화를 끊었다. 이제는 아내가 언제 화를 낼지 알 수 있는 예지력까지 생겼다. 두일은 이번에도 아들 민기와 영상통화를 하지 못했다. 언젠가부터 민기는 영상통화 화면에 나타나지 않았지만, 딸과 와이프의 차가운 태도에 아들 사정까지 물어볼 엄두가 나지 않았다.

두일이 어딘지 씁쓸한 입맛을 다시는 그때, 팀장 영호가 들어왔다. 두일의 책상에는《경감 승진 경찰간부 고득점 대비》라 쓰인 책이 있었다. 책 표지는 오래 쓴 책처럼 닳았고, 또 침 자국이 가득했다. 두일이 공부보다는 베개로 사용하기 때문이었다.

"너 또 여기서 잤냐?"

영호의 물음에 두일이 고개를 끄덕이며 대답했다.

"잠깐만 공부하다가 들어가려고 했는데 그냥 자버렸네요."

"승진 시험 얼마 안 남았지?"

"이번엔 꼭 통과해야지, 지금 월급 갖곤 생활이 안 돼요."

뒤이어 들어온 후배 성현이 두일의 책상 위에 놓인 빈 컵라면 용기를 보았다. 그는 빨지 않은 양말과 팬티들로 가득한 본인의 서랍을 뒤져 보았다.

"선배님. 혹시 여기 둔 컵라면 드셨어요?"

두일이 당황했다.

"응? 그게…."

"아, 선배! 또…."

"네가 이해해라. 기러기 아빤데."

영호가 애써 두일 편을 들어주었다.

"두일아, 너 이따 집에 갈 때 우리 집에 잠깐 들렀다 가라."

"왜요?"

"우리 와이프가 너 불쌍하다고 반찬 싸주겠대."

"역시 싸모님밖에 없어요."

두일은 새 담배 한 갑을 성현에게 내밀었다. 성현은 어리둥절한 표정이 되더니 이내 두일을 노려보며 물었다.

"또 무슨 일이에요?"

"돈 좀 꿔줄 수 있냐?"

"저번에 빌려 간 거나 빨리 갚으세요."

성현이 정색하자 두일은 입을 다물었다. 두일은 무시당하는 데에 무감각해졌다. 두일에게는 이제 자존심이나 체면이 중요치 않았다.

시간이 흘러 점심시간이 됐지만, 강력팀 부서에는 사건이 없어 한적했다. 형사들은 의자에 드러눕다시피 앉아 있었다. 그중에는 졸고 있는 형사도 있었다. 그때 부서 TV에서 대한민국 대 콜롬비아의 축구대표팀 평가전이 열린다는 예고편이 방영되었다.

"콜롬비아가 이기지."

두일은 마치 모든 것을 다 안다는 듯 심드렁하게 말했다. 임 형사가 그 말을 듣고 어처구니가 없었는지 실소를 터트렸다.

"뽈 차러도 안 나오는 놈이. 네가 축구를 알아?"

두일은 고개를 가로저었다.

"축구? 모르지. 그런데 다른 건 알지."

"그게 뭔데?"

"토토."

커피를 마시던 박 형사가 슬렁슬렁 다가왔다.

"그래서? 좀 땄냐?"

박 형사의 물음에 두일은 알 수 없는 미소를 지었다.

"오늘 점심 짜장면 어때? 탕수육은 내가 쏜다!"

"웬일이래?"

두일은 기러기 아빠라는 명목으로 돈을 내는 일이 없었다. 그런 두일이 탕수육을 사겠다고 하자 모두 의외라는 듯 그를 바라봤다.

잠시 후 철가방을 든 중국집 배달원이 왔다. 배달원은 철가방에서 짜장면과 짬뽕, 탕수육, 볶음밥을 꺼내 부서 한쪽에 있는 테이블 위에 올려놓았다.

"계산이요."

배달원의 말에 영호가 카드를 건네며 말했다.

"탕수육은 이쪽이 따로 계산할 거니까 빼주시고."

배달원이 카드 단말기로 계산하고 두일을 바라보았다. 두일은 주머니를 주섬주섬하더니 배달원에게 뭔가를 내밀었다. 중국집 배달 쿠폰 스무 장이었다. 영호가 보고서 어이없다는 듯 웃었다.

"에휴, 네가 그럼 그렇지."

성현 역시 어이없다는 듯 고개를 저었다. 배달원은 두일이 내민 쿠폰을 보고 짜증을 냈다.

"쿠폰으로 시키실 땐 미리 말하셔야 해요."

"그럼 그렇게 써놓든지. 쿠폰으로 주문하는 탕수육은 비둘기 튀겨서 오냐?"

두일은 잽싸게 비닐을 뜯어서 탕수육을 집어먹었다. 배달원은 다시 한번 짜증 난 표정을 짓고서 어쩔 수 없다는 듯 한숨을 내쉬며 두일의 손에서 쿠폰을 낚아채 갔다.

그때 두일의 핸드폰 벨이 울렸다. 핸드폰 액정을 본 두일의 표정이 굳었다. 두일이 핸드폰 전원을 끄자 이번엔 성현의 자리에서 전화가 울렸다. 성현은 짜장면 비닐을 까다 말고 전화를 받았다.

"네. 잠시만요."

성현이 수화기를 내려놓고 두일에게 말했다.

"두일 선배, 지금 서 밖에 친구분 와 계신다는데요?"

두일이 창가로 다가가서 블라인드를 살짝 제치자 경찰서 정문에 검은 양복의 건장한 사내 여럿이 서 있는 게 보였다. 그중에는 험상궂은 얼굴에 귀여운 애완견을 안고 있는 사내가 있었는데 그는 바로 두목, 아니 사채업 사장 춘식이었다.

두일은 최근 들어 경찰서 정문까지 찾아와 빚을 독촉하는 춘식이 이 상황을 즐기고 있다고 생각했다. 춘식이 다시금 핸드폰을 만지작거리자 이번에는 두일 자리의 전화가 울렸다. 그것을 잠시 바라보던 두일은 어쩔 수 없이 전화를 받았다.

"이 형사님. 지금 제 전화 일부러 안 받는 거예요?"

수화기 너머로 들려오는 춘식의 목소리에서는 차분한 분노가 느껴졌다.

"춘식이, 너 이 새끼 진짜 오랜만이다."

두일은 부서 형사들이 들으라는 듯 큰 소리로 말했다. 수화기 너머로 춘식의 욕설이 들렸지만 두일은 헛기침으로 그 소리를 막았다.

"서 건너편에 카페 하나 있거든? 거기서 보자. 금방 갈게."

두일은 전화를 끊고 영호 앞으로 다가갔다.

"친구 놈이 사건 때문에 뭘 좀 물어볼 게 있다네요. 점심시간 내로 복귀하겠습니다."

"그래."

짬뽕을 먹느라 정신이 없는 영호는 심드렁하게 대답했다. 두일은 급히 부서 밖으로 뛰쳐나갔다.

카페 한쪽에는 검은색 양복의 무리가 있었다. 블라인드 틈으로 보이던 사채업자들이었다. 춘식은 애완견 푸들을 무릎에 올려놓고 쓰다듬고 있었다. 실장인 태곤은 잭나이프를 만지작거리고, 부하 셋은 가만히 둘러앉아 있었다. 두일은 그곳으로 다가가서 춘식의 맞은편에 앉았다.

"이렇게 찾아오면 어쩌자는 겁니까?"

두일은 잔뜩 화난 목소리로 물었다. 춘식은 대답 대신 필요한 말을 했다.

"이 형사님 상환일이 어제까지였죠? 가만 보자, 담보가…."

춘식은 핸드폰을 살펴보고 말을 이었다.

"지금 사시는 아파트네요?"

두일은 건조한 춘식의 말에 당황했다.

"집만큼은 절대 안 됩니다! 조금만 더 시간을 주시면 어떻게든…."

"그거야 그쪽 사정이고. 이의 있어요?"

두일의 얼굴이 사색이 되었다.

"조 사장님, 이번 주까지만 어떻게든…."

"구차하게 이러지 맙시다."

춘식은 더 들을 것도 없다는 듯 자리에서 일어났다. 태곤과 부하들도 그를 따라서 일어났다. 두일이 바닥에 무릎을 꿇고 춘식의 바짓가랑이를 붙잡았다.

"이번 주까지만 미뤄주십쇼. 조 사장님."

두일이 긴박한 표정으로 애원했다. 춘식은 그런 그의 태도에 한숨을 내쉬었다.

"이번 주까지 미루면 뭐가 달라져요? 형사님이라고 많이 봐 드렸잖아요. 깔끔하게 갑시다. 어차피 뒤질 거 그냥 뒤지면 얼마나 좋아?"

두일이 황급히 답했다.

"이번 주, 이번 주에… 콜롬비아전이 있습니다."

"콜롬비아?"

춘식은 기가 찬다는 듯 실소를 터트렸다.

"그래서? 콜롬비아에 올인하겠다?"

두일은 재빨리 고개를 끄덕였다.

"제 정보는 백 프로 확실합니다. 이번 콜롬비아 애들이 역대 최강이에요. 후보까지 전부 유럽팝니다."

춘식이 잠시 생각하더니 차분히 말했다.

"이 형사님, 차 있죠?"

두일은 재빨리 고개를 끄덕였다.

"네."

"그 차 담보로 잡으세요. 이번 주까지 미뤄드릴께. "

두일은 떨떠름한 표정을 지었다.

"싫어요?"

"아, 아닙니다!"

두일은 춘식의 마음이 바뀌기 전에 황급히 답했다. 두일은 생각했다. 콜롬비아가, 토토가 있는 한 괜찮을 것이다. 이 경기가 자신을 구원하리라 믿었다. 두일에게는 토토가, 아니 희망이 있었다.

편의점 테이블에 놓인 컵라면은 손도 대지 않아 퉁퉁 불어 있었다. 두일은 온 정신을 핸드폰 화면에 집중했다. 이 경기에 두일의 모든 것이 걸려 있었다. 경기는 예상과 다르게 대한민국이 한 점 앞선 상황이었다. 두일은 두 손을 모아서 콜롬비아의 골이 들어가기만을 간절히 기도했다.

"손흥민 골! 경기 종료 일 분 전! 손흥민 선수의 쐐기 골로 대한민국이 승리를 눈앞에 두고 있습니다."

주심이 경기 종료를 알리는 휘슬을 불었다. 대한민국은 콜롬비아에 이 대 영으로 승리를 거두었다. 핸드폰에서는 대한민국의 승리 응원가가 울려 퍼졌다. 두일의 얼굴은 형용할 수 없을 만큼 일그러졌다. 두일은 골을 넣은 이재성과 손흥민을, 대한민국을, 콜롬비아를 저주했다. 그때 저주할 틈도 없다는 듯 핸드폰이 울렸다. 핸드폰 액정에는 '조춘식'이라는 이름이 쓰여 있었다. 두일에게는 마지막 희망마저 사라졌다.

아무도 없는 야밤의 공터에는 춘식이 홀로 서 있었다. 두일이 나타나자 춘식은 갑자기 소리 내어 웃었다. 두일은 그의 갑작스러운 행동에 어리둥절했지만, 비위를 맞추고자 따라 웃었다. 그러자 춘식이 곧바로 정색했다.

"넌 내가 우습지?"

"네?"

"콜롬비아는 무슨. 넌 아주 그냥 내가 호구로 보이지?"

"아, 아닙니다."

"씨발, 내가 너 믿고 조금 넣어 봤다가… 아니다, 나도 이제 긴말 안 해. 마지막으로 할 말 있으면 해봐."

두일은 할 수 있는 말이 없었다.

"없으면 담보 압류하겠습니다? 형사 나으리."

춘식이 비아냥대자 두일의 두 눈이 커졌다.

"집만큼은 절대 안 됩니다! 그러면 저희 가족은 어쩝니까?"

"우리 애들도 집에서 자식새끼들이고, 나도 자식들이 딸린 가장이에요. 이 등신아."

상의 주머니에서 핸드폰을 꺼낸 춘식은 어디론가 전화를 걸었다. 그것을 본 두일은 당황해서 핸드폰을 들고 있는 춘식의 팔을 붙잡았다.

"저기, 조 사장님, 사장님."

춘식은 그런 두일을 보고 눈을 부라렸다.

"이 새끼가 미쳤나?"

춘식이 두일의 팔을 뿌리치려 했다. 그러나 두일은 춘식의 팔을 놓지 않았다.

"미쳤어? 이 새끼야, 이거 안 놔?"

두일은 아랑곳하지 않고 팔을 놓지 않았다. 춘식은 거칠게 팔을 빼려 했으나 쉽게 떨쳐낼 수 없었다.

"아니, 이 새끼가! 한번 해보자 이거지?"

두일이 서에서 푼수 짓을 하면서도 자리를 지킬 수 있는 이유가 이것이었다. 어릴 적 한창 유도 유망주로 전국체전에서 동메달을 따고, 무도 특채로 형사가 된 두일이었다. 건장한 체격에 조폭인 춘식도 두일을 쉽게 떨쳐낼 수 없었다.

계속해서 핸드폰을 두고 실랑이를 벌이며 두일이 핸드폰을 뺏겠다는 일념으로 작심하고 춘식을 밀치자, 춘식이 밀쳐지며 중심을 잃고 뒤로 넘어졌다.

퍽!

콘크리트 바닥에 무언가 부딪치면서 둔탁한 소리가 났다. 곧이어 짧고 깊은 신음도 흘러나왔다. 물론 두일은 춘식 쪽을 신경 쓸 틈이 없었다. 당장 급한 것은 핸드폰이었다. 두일은 황급히 통화 종료 버튼을 누르고서야 뒤로 돌아 춘식을 찾았다.

"조 사장님, 정말 죄송합니다. 이번 달 내로 꼭…."

두일은 서서히 흘러나오는 끈끈한 액체를 내려다보았다. 비릿한 철 냄새가 코를 찌르는 것 같기도 했다. 어두운 밤에 가로등 하나도 없었지만, 형삿밥 10년 차인 그는 그 액체가 무엇인지 알 수 있었다. 춘식의 후두부에서 흘러나온 피였다.

"아니, 조 사장님! 정신 차려봐요. 조 사장님!"

두일이 춘식의 몸을 흔들어 보았지만 아무런 반응이 없었다. 춘식의 코에 귀를 갖다 대어서 호흡하는지 확인해보았다. 그러나 춘식은 숨을 쉬지 않았다. 두일은 그제야 사태를 파악하고 털썩 주저앉았다.

"119!"

지금이라도 병원에 가면 살릴 수 있을지도 몰랐다. 떨리는 손으로 핸드폰을 꺼내자 액정에 불이 들어오며 배경 화면이 보였다. 가족사진이었다. 사진 속에서 환하게 웃는 수진과 예지, 민기를 본 두일은 머릿속이 복잡해졌다. 이대로 춘식이 죽으면 자신은 어떻게 될까? 아니, 행여나 춘식이 살아나기라도 한다면? 이대로 죽는다면 과실치사라 하더라도 분명 살인이었다. 그 뒤는 더 생각할 것도 없었다. 혹시 당장 병원으로 이송해 살아난다고 상황이 나아지는 건 아니었다. 병원비나 치료비는 우습고 당장 담보 잡힌 집이 어찌 될지 몰랐다.

일생일대의 위기 앞에서 두일의 뇌가 팽팽 돌기 시작했다. 당연히 넘어질 수는 있다고 생각했지만, 결코 고의는 아니었다. 실수였다. 실수 한 번으로 모든 것을 잃을 수는 없었다. 죄의식과 가책은 있었지만, 무엇보다 두일에게는 지켜야 할 가족이 있었다. 두일은 결국 핸드폰을 다시 집어넣었다.

두일은 주위를 둘러보았다. 길거리에 행인은 없었다. 다시 주위에 CCTV가 있는지 확인했다. 다행히 CCTV도 보이지 않았다. 춘식의 시신을 보고 어떻게 해야 할지 고민하다가 번뜩 생각이 떠올랐다. 코끝에서 갑자기 막걸리 냄새가 진동하는 듯했다.

10년 전 그날은 유독 비가 많이 내렸다. 늦가을의 비는 평소보다 기온을 떨어뜨려 초겨울 특유의 쌀쌀한 추위를 내뿜었다. 시간은 오후 4시밖에 안 되었지만, 하늘은 비구름으로 가득 차 도시는 먹빛에 잠겨 있었다. 길거리의 네온사인들은 평소보다 조금 이른 시간에 하나둘 불이 들어왔다.

사람들은 쏟아지는 비 때문에 평소보다 일찍 퇴근했다. 퇴근 시간이 겹치면 젖은 우산과 습한 차내 공기로 불쾌지수가 올라가거나, 비로 인해 차량의 속도가 느려져서 길거리에서 내다 버리는 시간이 늘어나기 때문이다. 서울 강서경찰서 형사과 강력 1팀 형사들도 이날은 조금 이르게 퇴근했다. 부서에 새로 배속된 신입 이두일의 신고식을 치르기 위해서였다.

신고식을 치를 포차는 골목 막다른 곳에 있었다. 그곳으로 가려면 성인 남성이 겨우 지나갈 수 있을 정도로 폭이 좁은 골목을 지나야 한다. 강력팀 형사들은 일렬로 줄지어서 들어갈 수밖에 없었다. 우산을 펼치기는커녕 몸을 옮기기도 버거웠다. 형사들은 머리에 떨어지는 빗물을 팔뚝으로 가리며 골목 안쪽으로 들어갔다. 이 좁은 골목 대신 제대로 된 길이긴 했다. 하지만 한참을 빙 둘러서 가야 하니, 그들은 언제나 이

지름길을 이용했다. 이 골목을 지날 때면 이제는 다른 곳으로 가자고 투덜거리지만, 그들 역시 처음 신고식을 치른 감회 때문에 결국 이곳으로 발걸음을 향하게 되었다.

포차에는 손님이 거의 없었다. 형광등도 반만 켜져 있었다. 미닫이문을 열고 포차로 들어온 강력팀 형사들은 머리와 어깨에 묻은 빗물을 털어냈다. 나이 든 여주인이 반갑게 맞이했다. 형사들은 구면인 그녀와 친근하게 인사를 나누고 안쪽으로 들어갔다.

안쪽에는 홀보다 더 넓은 공간이 있었다. 형사들은 항상 앉던 자리인 듯 익숙하게 맨 끝 테이블로 가서 하나둘씩 편하게 착석했다. 유일한 신입인 두일만 허리를 꼿꼿이 편 채 앉아 있었다.

곧 막걸리와 대야 크기의 사발이 등장했다. 형사 한 명이 두일에게 사발을 건네자, 두일이 고개를 꾸벅 숙이고 사발을 들었다. 다른 형사가 두일의 사발에 막걸리를 따랐다. 옆의 형사들은 그걸로 부족하다고 생각했는지 새 막걸리를 따서 들이부었다. 그게 시작이었다. 너도 나도 막걸리를 들이부었다. 그들은 신이 나서 막걸리를 따랐고, 두일은 사발에서 넘치지 않는 게 신기한 막걸리를 보고 당황했다.

두일은 잠시 머뭇거렸지만 마음을 다잡았다. 어차피 한 번은 거쳐야 한다. 그렇다면 거리낄 것 없다. 사발에 입을 대고 들이키기 시작했다. 형사들은 소리를 지르며 분위기를 띄웠다. 두일의 목젖이 빠르게 움직였다. 잠시 후 입 주위로 막걸리가 줄줄 새기 시작했다. 막걸리는 목을 타고 흘러내려서 옷을 적셨다. 결국 막걸리를 전부 비워냈다. 유도로 다져진 몸이 버텨준 것이다. 두일은 사발을 테이블 위에 내려놓고 자랑처럼 형사들에게 보여주었다. 다들 두일의 어깨를 두드리며 배속을 축하했다. 두일은 빠르게 올라오는 취기로 정신을 잃을 것만 같았다. 그때 포차 카운터에 놓인 전화기의 벨이 울렸다. 전화를 받은 포차 여주인이 수화기를 내려놓더니 테이블로 다가왔다.

"저기…."

모두 고개를 돌려 포차 여주인을 바라봤다.

"서에서 연락이 왔는데요."

영호가 성큼 일어나서 수화기를 받았다. 이내 수화기를 든 그의 표정은 이내 굳었다. 그가 내뱉듯 말했다.

"사건입니다!"

그의 외침에 강력팀 형사들은 일제히 자리에서 일어나서 포차 밖으로 뛰쳐나갔다. 두일은 술에 취해 정신을 차리지 못했다. 겨우 정신을 추스르며 허겁지겁 밖으로 따라 다급히 외쳤다.

형사들이 탄 차량의 와이퍼는 빗물을 빠르게 밀어내며 차도를 달렸다. 그들이 탄 차량의 지붕 위에는 경광등이 켜져 있었다. 그 빛은 서슬 퍼런 밤공기 때문인지 유독 빨갛게 보였다.

사건 현장은 수풀이 성인 무릎 높이까지 자란 공터였다. 공터는 건물과 인도가 하나도 없는 도심 외곽에 위치해 있었다. 근처에는 고속도로와 일반도로를 연결하는 인터체인지가 있어서 차 소리만이 이따금 들렸다.

사건 현장 근처에 도착한 형사들이 일사불란하게 차에서 내렸다. 먼저 출동한 경찰들은 현장을 보존하기 위해 노란색 폴리스 라인을 치고, 어두워진 현장을 밝히기 위해 조명을 설치했다. 어떻게 알고 왔는지 취재진이 이미 폴리스 라인 밖에 몰려 있었다. 그들은 이미 조명 설치까지 마친 상태였다. 강력팀 형사들은 취재진보다 현장에 늦게 도착했다는 기사를 접하게 될지도 모른다는 걱정이 앞섰다.

취재진은 우산을 쓰고, 촬영팀은 우의를 입고 있었다. 우산을 쓸 겨를이 없는 강력팀 형사들은 쏟아지는 비를 그대로 맞으며 현장으로 들어갔다. 주위에 몰려 있는 취재진을 헤치면서 사건 현장으로 들어가느라 애를 먹었다.

형사들이 사건 현장으로 들어오자 사람들이 하나둘씩 양옆으로 비켜났다. 그러자 공터 한가운데에 놓인 포대 자루가 보였다. 현장 감식 요원들이 포대 자루를 벗겨내자 그 안에서는 무릎을 꿇은 채 양손이 뒤로 묶인 여성의 시신이 드러났다. 시신은 꽤 오랫동안 방치되어 있었는지 심하게 부패한 상태였다. 곳곳에 구더기가 있었고 군데군데 성충도 보였다. 시신의 상태를 본 강력팀 형사들은 심상치 않은 사건임을 알았다.

우욱…!

시체의 역한 냄새가 코를 찔러대자 강력팀 형사들은 손으로 코와 입을 가렸다. 두일은 생전 처음 맡는 악취에 방금 먹고 마신 음식들이 역류하는 것을 느꼈다. 급히 두 손으로 입을 틀어막았지만 어림없었고, 결국 속에 있던 것들을 전부 게워내고 말았다. 강력팀 형사 몇몇은 그런 두일을 보고 상황에 안 맞게 저들끼리 낄낄댔다. 두일은 평생 그 냄새와 웃음을 잊지 못할 것을, 희미하게 느꼈다.

영호는 몇 주 전 관할구역에서 발생한 사건이 떠올랐다. 그 사건도 이번 사건처럼 시신이 무릎을 꿇은 채 양손이 뒤로 묶여서 포대 자루 안에 담겨 있었다. 지난 사건과 똑같은 방식으로 유기된 시신의 상태를 본 팀장은 연쇄살인임을 직감했다. 그는 아무 말도 하지 않고 그저 시신을 가만히 내려다보았다.

"팀장님. 이거…."

영호가 말을 잇지 못하자 팀장은 고개를 끄덕였다.

쏟아지는 비에 공터 바닥은 전부 진흙탕이 됐다. 게다가 수많은 사람이 정신없이 움직여 댄 현장에 범인의 족적이 남을 리 없었다. 지문이나 DNA와 같은 증거는 빗물에 씻겨 나갔을 것이 분명했다. 목격자도 없고 주변에 CCTV마저 별로 없어 수사가 쉽지 않을 것이, 아니 미제 사건으로 묻힐 소지가 다분했다.

불법 노점 시설 민원을 받고 출동한 철거원들은 공터에서 포대 자루 하나를 발견했는데, 별 생각 없이 포대 자루를 열고서는 화들짝 놀라 주저앉았다. 그 안에는 시신이 있었다. 철거원들은 정신을 못 차리는 와중에 김씨가 그나마 먼저 경찰서에 신고를 넣었다.

신고를 받고 출동한 강력팀 형사들이 공터에 도착했다. 어젯밤 불법 노점 근처에 포대 자루를 두고, 민원 신고까지 넣었던 두일이 이제는 형사의 신분으로 다시 현장에 왔다. 라텍스 장갑을 낀 두 명의 현장 감식 요원들이 포대 자루를 벗겨내자 그 안에선 무릎을 꿇은 채 양손이 뒤로 묶인 춘식의 시신이 나왔다. 춘식의 시신은 10년 전 미제 연쇄살인 사건과 똑같은 방식으로 유기돼 있었지만, 아쉽게도 너무 오래된 사건이라 그런지 강력팀 형사들을 포함해서 과학수사대 현장 감식 요원들도 그것을 알아차리지 못했다. 영호 역시 마찬가지였다.

현장 감식 요원들은 DSLR 카메라를 들고 춘식의 시신을 구석구석 촬영했다. 시신을 살펴보는 영호 옆으로 두일이 다가왔다.

"팀장님. 옛날에 이거랑 비슷한 사건 일어난 거 기억나지 않으세요?"

"옛날? 언제?"

"왜, 저 여기 처음 막내로 들어왔을 때. 그때 해결 안 된 사건 하나 있었잖습니까? 미제 연쇄살인 사건."

연쇄살인 사건은 영화처럼 흔하지 않다. 형사들이 경찰 생활을 하면서 한 번 겪을까 말까 할 정도로 드물다고 할 수 있다. 두일의 말을 듣는 순간 영호 역시 곧바로 그 사건을 떠올렸다. 하지만 사건이 커질까 하는 불안감에 기억나지 않는 척했다.

“아 그때 그런 사건 있었나? 너 기억력도 좋다.”

성현과 감식 요원이 다가왔다. 영호가 성현에게 물었다.

“목격자나 CCTV는?”

“아직 확보 안 됐습니다.”

이번에는 감식 요원에게 물었다.

“피해자 신원은?”

“지갑에 신분증이 있어서 확인됐습니다. 이름 조춘식. 나이는 48세에 대부업체 사장, 사채업자입니다.”

영호는 잠시 생각에 잠겼다.

“채무 관계 때문에 죽인 게 아닐까요?”

성현이 말하자 영호가 고개를 끄덕이면서 대답했다.

“보통 그렇긴 하지. 일단 거기 직원들 불러서 조사해봐.”

“네.”

성현과 감식 요원이 떠나자 두일이 다시 영호에게 물었다.

“연쇄살인은 어떻게….”

영호가 급히 두일의 입을 찰싹 때리며 행여 기자들이 엿듣지 않았는지 주위를 이리저리 둘러보았다.

“조용해. 괜히 일 키우지 말고.”

두일은 눈만 끔뻑이며 고개를 끄덕였다.

강력팀 부서는 춘식의 살인 사건으로 분주하게 돌아갔다. 형사들은 일 처리에 정신이 없었다. 그런 중에 두일은 넋이 나간 채 자리에 멍하니 앉아 있었다. 죄책감과 긴장감에 밤새 잠을 자지 못한 그의 몰골은 말이 아니었다.

영호가 이 형사에게 물었다.

"피해자 핸드폰은 어떻게 됐어?"

"피해자 명의로 여러 대의 핸드폰이 개통돼 있었는데, 사건 당일 소지하고 있던 핸드폰은 발견되지 않았습니다."

영호가 이번에는 박 형사에게 물었다.

"통화 내역서는?"

"방금 통신사에 영장 보냈습니다."

"언제 도착해?"

"곧 팩스로 보내준답니다."

두일은 그 말을 듣고 번뜩 정신을 차렸다.

사람들이 몰린 공공장소의 TV에서는 춘식의 살인 사건에 대한 뉴스가 방영되었다. 여성 리포터가 사건에 대해 보도하자 호기심이 생긴 사람들은 하나둘씩 TV 앞으로 몰려들어서

뉴스를 시청했다.

“포대 자루에 유기된 시신은 다소 특이한 상태였습니다.”

뉴스에서 시신은 모자이크 처리된 상태로 방영되었다. 시신의 유기 상태는 리포터의 보도에 따라 삽화로 대체되어 알기 쉽게 설명되었다.

“시신은 포대 자루에서 발견되었습니다. 바닥에 무릎을 꿇은 채 양손이 뒤로 묶여 있었으며….”

20대 후반에서 30대 초반으로 보이는 한 청년이 사람들 사이에서 뉴스를 보고 있었다. 까무잡잡한 얼굴은 왜인지 석고상처럼 굳어 있었다. 그는 리포터의 보도를 뚫어져라 쳐다보고 있었다.

“사건의 피해자는 사채업자 조모 씨로….”

사람들 틈 사이에서 뉴스를 보던 그는 홀연히 사라졌다.

강력팀 부서 TV에서도 사채업자 피살사건이 뉴스에 방영되었다. 공공장소에서 방영되는 뉴스와는 다른 채널로 남성 리포터가 사건을 보도했다.

“한편 인터넷상에선 이번 사건이 10년 전에 동일한 지역에서 일어난 미제 연쇄살인 사건과 매우 흡사하다는 주장이 제기됐습니다. 10년 전 발생했던 연쇄살인 사건은 현재까지 미제 상태이며, 이번 사건과 마찬가지로 시신은 바닥에 무릎을 꿇은 채 양손이 뒤로 묶여서 포대 자루에 담겨 있었다는 공통점이 있습니다."

그때 강력팀 부서 팩스로 춘식의 통화 상세 내역서가 도착했다. 부서 형사들은 뉴스에 정신이 팔린 와중에, 팩스기와 가까운 자리에 있던 두일이 넌지시 팩스로 향했다. 그는 주변의 눈치를 살피며 내역서 마지막 장을 훑어보았다. 거의 끝자락 즈음에 두일의 내역이 찍혀 있었다. 두일은 그 페이지를 급히 구겨 바지 주머니에 쑤셔 넣었다.

"이거 왔네."

박 형사는 두일이 건넨 내역서를 훑어보았다.

"어디 보자. 마지막으로 통화한 기록이…."

그때 부서 내 전화기의 벨이 울렸다. 전화를 받은 성현이 수화기를 내려놓고 영호에게 보고했다.

"팀장님. 대부업체 직원들 도착했답니다."

두일은 배를 만지며 자리에서 일어났다.

"아까 먹은 게 잘못됐나? 화장실 좀 다녀올게."

두일은 화장실로 가는 척하면서 진술을 엿듣기 위해 캐비닛 뒤에 몸을 숨겼다. 잠시 후 실장인 태곤과 그의 부하 셋이 강력팀 부서로 들어왔다. 이 형사가 태곤에게 물었다.

"사건 당일 조춘식 씨가 누구를 만난다는 얘기는 듣지 못했습니까?"

"따로 누구를 만난다는 얘기는 못 들었습니다."

태곤의 대답에 이 형사는 다른 질문을 했다.

"조춘식 씨와 원한 관계에 있다거나 채무 관계에서 의심 가는 사람은요?"

"형사님들도 아시겠지만, 저희 일이 그렇지 않습니까. 저희는 누구한테든 칼 맞기 딱 좋죠. 채무 관계는 사무실 노트북 장부에 있습니다. 필요하면 그거 백업하십쇼."

고객 정보가 든 장부가 있다는 말에 깜짝 놀란 두일은 장부에 적혀 있을 자기 이름이 걱정됐다. 그게 발견된다면 자신 역시 용의선상에 오를 것이다. 장부를 미처 생각하지 못한 자신의 부주의가 한심했다.

"박 형사, 임 형사."

"네."

영호가 부르자 박 형사와 임 형사가 동시에 대답했다.

"가서 노트북 가져와."

"네."

박 형사와 임 형사가 자리에서 일어났다. 두일은 형사들보다 한발 앞서 부서 밖으로 빠져나갔다.

춘식의 사무실에 도착한 두일은 살짝 열린 문틈으로 안을 엿보았다. 사무실에는 아무도 없어 보였다. 그런데 도둑이라도 든 것처럼 난장판이었다. 사무실 천장의 CCTV도 전부 망가져 있었고, 사무실 밖 계단의 CCTV 역시 마찬가지였다. 심지어 문도 잠기지 않은 것 같았다. 두일 역시 분명 이상하다 싶었지만 별수 없었다. 부서의 형사들보다 먼저 노트북을 찾아서 숨겨야 했다. 조심스럽게 춘식의 사무실에 들어갔다.

난장판이 된 사무실에서 노트북을 찾기란 쉽지 않았다. 두일은 널브러진 서류와 집기 사이를 분주하게 뒤적였지만, 노트북은 보이지 않았다.

띠리리링!

그때 사무실 전화기의 벨이 날카롭게 울렸다. 갑작스러운 벨 소리에 놀란 두일은 전화를 받지 않고 가만히 바라보았다. 하지만 벨이 끊이지 않자 다가갈 수밖에 없었다. 어떻게 해야 할지 고민하던 그때 전화는 자동 응답 상태로 넘어갔다. 전화기에서는 미리 녹음된 여성의 목소리가 흘러나왔다.

"CS 캐피탈입니다. 현재 부재중이오니 삐 소리 이후 메시지를 남겨주시면 최대한 빠르게 연락드리겠습니다."

삐 소리가 들리자 전화기에서는 웬 말이 이어졌다.

"전화 안 받으실 거예요?"

젊은 남성의 목소리였다.

"안에 있는 거 다 알아요."

그의 말에 놀란 두일은 급히 수화기를 들어 올려서 전화를 받았다.

"너 뭐야? 누구야? 뭐 하는 놈이야?"

"전화를 왜 이렇게 늦게 받으세요?"

두일은 아무 대답도 하지 않았다.

"어지간히 급하셨나 봐요? 제 흉내를 다 내시고?"

두일은 여전히 아무 대답도 하지 않았다.

"제가 누군지 궁금하시죠? 전 말이에요. 10년 전 미제 연쇄 살인 사건 아시죠? 제가 그 사건의 진짜 범인이에요. 그쪽이 모방한 사건 말이에요."

두일은 남자의 말에 놀라 입을 열 수 없었다.

"계속 말씀 안 하실 거예요? 찾으시는 거 저한테 있는데."

두일은 이번에도 아무 말도 하지 않았다.

"장부 찾고 있잖아요."

두일은 다시 한번 놀랐다. 어떻게 해야 할지 몰라 자리에 가만히 있던 그때 상대가 제안했다.

"어때요? 저 만나고 싶지 않으세요?"

"원하는 게 뭐야?"

"드디어 입을 여시네요. 잘 생각하셨어요. 사무실 근처에 맥도날드가 있어요. 거기서 얘기하도록 하죠."

"너, 꼼짝 말고 기다려."

두일은 어금니를 꽉 깨물며 경고하듯 말했다.

"근데 거기서 나오려면 고생 좀 하실 거 같은데?"

두일은 무슨 소린지 몰라 어리둥절했다. 그때 건물 밖으로 차가 정차하는 소리가 들렸다. 그 소리를 듣고 창가로 다가가서 밑을 내려다보니 차에서 내리는 박 형사와 임 형사가 보였다. 두일은 급히 사무실 밖으로 나가려 했다. 그때 전화를 건 상대가 어디선가 자신을 지켜보고 있다는 것을 깨닫고 창밖 먼 편을 두리번거렸다. 시선을 이리저리 돌리자 사무실 건너편 길가에 있는 공중전화 부스에서 손을 흔들고 있는 한 남성이 보였다. 두일은 눈을 가늘게 뜨고 그 인물을 바라보았다.

"네, 저 맞아요."

두일은 재빨리 밑으로 내려가서 쫓아가고 싶었으나 그랬다가는 부서 형사들과 마주칠 게 뻔했다. 두일은 어떡할지 정신을 차릴 수 없었다.

"제가 팁을 좀 드릴게요."

남자의 말에 두일이 정신을 차렸다.

"뒤에 닫혀 있는 캐비닛들 보이시죠?"

두일은 급히 뒤돌아보았다. 사무실 한쪽에는 캐비닛 여러 개가 놓여 있었다.

"거길 열어보세요."

전화가 끊겼다. 두일은 급히 닫혀 있는 캐비닛으로 달려가서 문을 열어젖혔다. 그러자 한 캐비닛에서 웬 푸들이 달려들었다. 깜짝 놀란 두일은 엉겁결에 푸들을 안았는데, 푸들은 반가운 듯 꼬리를 흔들며 짖어댔다. 일전의 카페에서 본 춘식의 푸들이었다. 상대의 장난질에 두일은 겨우 화를 참으며 푸들을 바닥에 내려놓았다. 부서 형사들이 올라올지도 모른다는 생각에 급히 사무실 밖으로 뛰쳐나갔다.

계단을 통해 밑으로 내려가던 그때 박 형사와 임 형사가 대화를 나누면서 위로 올라오는 것이 보였다. 두일은 다시 춘식의 사무실로 되돌아갈 수밖에 없었다. 춘식의 사무실은 건물 맨 꼭대기 층에 위치했는데, 주위에 숨을 만한 마땅한 곳이 없었다.

두일은 창문을 열고 밖을 내다보았다. 건물 밑은 아찔할 정도로 높았다. 그때 건물 외벽에 설치된 철제 계단이 눈에 들었다. 화재 시 긴급 대피를 위해 설치된 것인지, 사채업장이라 있는지는 알 수 없었다. 두일이 급히 계단으로 내려가려 하자 푸들이 두일을 향해 짖어댔다.

"조용해! 제발!"

손으로 입 막는 시늉을 해도 푸들은 조용할 기미를 보이지 않았다. 별다른 수가 없었다. 두식은 푸들을 옆구리에 끼고 창문을 통해 비상계단으로 넘어갔다.

비상계단을 통해 밑으로 내려가다가 이삼 층쯤 남기고 굳게 닫힌 철문에 맞닥뜨렸다. 철문을 흔들어봐도 소용없었다. 당황한 두일은 어떻게 해야 할지 고민했다. 밑을 내려다보니 못해도 이층 높이 정도는 돼 보였다. 그래도 못 뛰어내릴 정도는 아니라고 본 두일은 푸들을 품에 안고 비상계단 난간을 넘어 밑으로 뛰어내렸다. 높이 탓에 발을 접질렸지만 신음도 낼 수 없었다.

그때 사무실 건물 밖으로 창문이 열리는 소리가 들렸다. 두일은 급히 건물 안쪽으로 굴러 들어가서 몸을 숨겼다. 위를 올려다보니 박 형사가 창문 밖으로 상체를 내밀고 주위를 둘러보는 것 같았다. 두일은 푸들이 소리를 내지 못하도록 손으로 입을 틀어막았다. 푸들의 낑낑거리는 소리에 박 형사가 밑을 내려다보자 더욱 바짝 건물에 몸을 갖다 붙여야 했다. 숨을 잔뜩 참은 채 제발 좀 들어가라고 기도하자 이윽고 창문이 닫히는 소리가 들렸다. 참았던 숨을 내쉰 두일은 품에 안고 있던 푸들을 바닥에 내려놓고, 발을 절뚝이며 골목을 빠져나갔다. 푸들은 뭐가 좋은지 계속 꼬리를 흔들며 두일의 뒤를 쫓아갔다.

사무실 근처에 있는 맥도날드로 뛰어 들어온 두일은 내부를 이리저리 살펴보았다. 그때 먼저 와서 자리에 앉아 있는 후드티의 남성이 손을 흔들었다. 까무잡잡한 피부에 날카로운 인상이었다. 그가 앉은 자리에 성큼 걸어간 두일은 맞은편에 앉아서 소리를 질렀다.

"너 내가 누군지 알고 이러냐? 이 자리에서 당장 체포할 수도 있어!"

남자는 심드렁하게 대답했다.

"아 경찰이에요? 근데 너무 염치없는 거 아니에요? 남의 수법은 왜 흉내 내시는 겁니까?"

두일은 대답 대신 용건을 말했다.

"장부 어딨어?"

남자가 이를 드러내며 웃었다.

"이번 사건의 범인이 장부를 찾으러 올 것이라고 예상했죠. 뉴스 보니 직원들은 조사받으러 갔을 타이밍이고요. 그런데 이거 어쩌나? 쉽게 내어드리지 않을 건 잘 알잖아요."

그가 빈정대자 두일이 노려보았다.

"나한테 원하는 게 뭐야? 돈이야? 나 빚만 억대로 있거든?"

"경찰이 무슨 빚이 그렇게 많아요?"

"뭔 상관이야? 보태준 거 있어?"

남자는 두일의 반응이 재미있다는 듯 실실 웃음을 지었다. 두일은 상대의 표정을 보고 어금니를 깨물며 간신히 화를 참았다.

"경찰이라도 살인을 저질렀으면 처벌을 받아야겠죠?"

"진짜 사고였어!"

"그걸 누가 어떻게 알죠?"

무심한 남성의 말투에 두일은 대꾸 거리를 찾지 못했다. 대신 주머니에서 수갑을 꺼내서 테이블 위에 올려놓았다. 남자는 테이블 위에 놓인 수갑을 흘긋 보고 다시 두일을 바라보았다.

"뭡니까?"

"자기 입으로 범인이라고 자백했으니까 이 자리에서 체포하면 되겠네?"

남자는 어이없다는 듯 콧방귀를 뀌었다.

"증거라도 있어요? 그리고 여기가 그쪽 관할구역이긴 한가요? 오히려 저는 있는데, 명백한 증거가. 채무자 정보가 든 사채 장부가 제 손에 말이죠."

더는 참지 못한 두일이 버럭 소리를 질렀다.

"그래서 원하는 게 뭐냐고!"

남자는 잠시 생각에 잠겼다. 그러다 무슨 생각이 떠올랐는지 한쪽 입꼬리가 스윽 하고 위로 올라갔다.

"정했어요."

"뭐야?"

"그쪽 집에서 살고 싶어요."

"뭐?"

남자의 황당한 요구에 두일은 기가 찼는지 말문이 막혔다.

"이 새끼가 진짜! 지금 나랑 장난하는 거야? 뭐야?"

"장난 아녜요."

"그럼 뭐야?"

"실은 제가 다른 곳에서 사고를 쳐서 지금 경찰에 쫓기고 있거든요? 그래서 당분간 짱박혀서 눈 피할 곳이 필요한데, 경찰 집이면 딱 아니겠어요? 등잔 밑이 어둡다잖아요."

두일은 어이가 없었지만, 그의 표정을 보아 진심임을 알 수 있었다. 그런 동시에 제 입으로 연쇄살인범이라고 자백하는 그가 의심스러웠다.

“어디서 사고 쳤는데? 일단 나도 들어나 보자.”

“아, 확인해보시려고요? ××구요.”

두일은 ××구 관할의 조 형사에게 전화를 걸었다. 두일은 신호음이 가는 동안 남자의 인상착의를 유심히 살펴보았다. 남자는 그런 두일을 보고 재미있다는 듯 미소 지었다. 잠시 후 조 형사가 전화를 받았다.

“어, 이두일이. 웬일이야?”

“혹시 너희 관할에서 살인 사건 일어났어?”

“응? 어떻게 알았어? 왜?”

“아니, 연쇄살인 사건.”

“너 그거 어디서 들었어?”

조 형사의 목소리가 갑자기 낮아졌다.

“용의자는?”

“유력한 놈이 한 놈 있긴 한데.”

“인상착의가 어떻게 돼?”

“20대 후반에서 30대 초반 정도 되는 남성인데, 신장은 180 정도에 다부지면서 호리호리한 체형.”

두일은 다시 남자를 찬찬히 살펴보았다. 20대 후반에서 30대 초반의 인상에, 신장은 180 정도. 어깨는 넓고 군살은 없어 보였다. 두일은 제발 아니길 빌며 마지막 질문을 던졌다.

"피부는 까무잡잡하고?"

"뭐야? 네가 그걸 어떻게 알아?"

"하…! 일단 끊자."

"야, 두일아!"

두일은 조 형사의 이야기를 더 듣지 않고 전화를 끊었다. 남자가 미소를 지으며 말했다.

"어때요? 이제 믿으시겠어요?"

"절대 안 돼!"

두일이 완강하게 거부하자 남자는 고개를 끄덕였다.

"그럼 장부 팔아넘길게요, 딴 사채업자한테."

"뭐?"

"어느 쪽이 이득일지 잘 생각해보세요. 집의 방 한 칸만 내주고 말지, 통째로 사채업자에게 넘길지. 필요하면 콩밥 서비스도 드릴 수 있어요."

아무 말 못 하는 두일에게 남자가 쐐기를 박았다.

"설마, 저도 죽이고 입막음하시려는 건 아니겠죠?"

두일은 얼이 빠진 채로 가만히 서 있었다. 그때 남자가 창밖을 내다보았다.

"아, 그리고 저 푸들도 같이 데려가도록 하죠."

두일은 남자가 손가락으로 가리키는 곳을 바라보았다. 매장 대형 유리창 밖에는 춘식의 푸들이 혀를 내밀고 꼬리를 흔들며 있었다. 두일이 마침내 폭발했다, 아니 하려 했다.

"절대 안 돼! 이 미친 새끼야! 이…."

남자는 대꾸 대신 주머니에서 지갑을 꺼냈다. 그러고는 현금 뭉치를 테이블 위에 내려놓았다. 대충 봐도 백만 원은 돼 보였다. 두일은 테이블 위의 돈을 흘긋 보고 쓸개가 빠진 것처럼 물었다.

"이건 또 뭐야?"

"월세요."

"뭐?"

"돈 필요한 거 아니었어요? 그래서 사채업자도 죽이고."

쾅!

두일이 테이블을 내려쳤다.

"이 새끼가 진짜! 안 죽였다니…!"

매장에 있던 사람들이 모두 쳐다보았다. 두일은 급히 입을 다물었다.

"안 받을 거면 도로 가져가고요."

남자가 돈을 가져가려고 하자 두일은 재빨리 현금을 채 갔다. 남자는 그런 두일을 보고 웃으며 한마디 더 했다.

"철수."

"철수는 또 뭔데? 집으로 철수하자고?"

"그냥 철수라고 부르세요."

동거

두일도 정말 미친 짓이란 건 알았다. 하지만 별다른 방법이 없었다. 우선은 철수라는 놈을 집에 데려올 수밖에 없었다.

두일의 집은 방 세 개에 흔한 구조의 26평형 아파트이다. 넓은 평수는 아니지만 두일은 처음 집을 샀을 때를 아직도 잊지 못한다. 융자금을 모두 갚아 온전히 본인 소유가 됐을 때는 또 달랐다. 그런 집을 담보로 넘길 뻔하다니, 제정신이 아니었던 게 분명했다.

두일은 철수를 민기 방으로 안내했다. 집에서 그가 지낼 만한 곳은 이곳밖에 없었다. 철수는 가방을 바닥에 두고 방을 둘러보았다. 침대에 앉아서 매트리스의 탄성을 확인하곤 고개를 끄덕였다.

"뭐 괜찮네요."

"공과금은 정확하게 반반씩. 그리고 보증금도 줘야 할 거 같은데?"

두일은 이왕에 이렇게 된 거 돈이나 왕창 뜯어내자는 심산이었다.

"싫으면 나가든지."

이번만큼은 자신이 우위를 점했다는 듯 웃어 보였다. 철수는 그런 두일을 빤히 바라보았다.

"다음 달 월세 받기 싫으세요?"

두일은 바로 입을 다물었다. 똥 피하려다가 똥통에 빠졌다고 생각하고 방에서 나가려 몸을 돌렸다. 그때 뭔가 물컹한 것을 밟고 미끄러졌다. 두일은 간신히 중심을 잡고 넘어지지 않았다. 양말을 보니 검갈색의 무언가가 묻어 있었다.

"이게 뭐야?"

그 냄새를 맡자 얼굴이 곧바로 찌푸려졌다.

"뭐야? 이 똥 냄새는?"

거실 복도에서 푸들이 꼬리를 흔들고 있었다. 철수는 웃음을 참지 않고 말했다.

"배변 훈련 시켜야겠네."

"진짜! 똥개 새끼까지 난리야!"

더는 화를 참지 못한 두일이 결국 폭발했다.

두일은 쉽게 잠들지 못했다. 연쇄살인범과 한 지붕 아래에 있다는 불안 때문이었다. 도저히 잠이 오질 않아 몸만 뒤척였다. 이대로는 곤란했다. 무언가 방법이 필요했다. 두일은 무슨 생각이 떠올랐는지 번뜩 일어나 어디론가 전화를 걸었다.

늦은 밤에 출장 온 열쇠 수리공이 안방 문에 자물쇠를 설치하기 시작했다. 두일은 인기척을 느끼고 뒤돌아보았다. 철수였다. 아닌 밤중의 드릴 소리에 연쇄살인범이라고 깨지 않을 리 없었다. 두일과 눈이 마주친 철수는 그저 피식 웃었다. 두일은 그런 철수를 노려보았다.

안방 문에는 자물쇠가 다섯 개나 달렸다. 걸쇠를 비롯해서 숫자 조합 자물쇠, 통 자물쇠, 다이얼 자물쇠, 전자식 자물쇠 등 열쇠 수리공이 설치할 수 있는 자물쇠는 모두 달아두었다.

이제 안심한 두일이 침대에 다시 누웠다. 잠이 들려는 찰나에 두일이 눈이 번뜩 떠졌다. 자물쇠가 다섯 개라도 절단기 하나면 만사 무용지물 아닌가. 조금 더 쉽게 경첩만 부숴도 될 것 같았다. 여태 자기가 수사하면서 해먹은 경첩만 몇 갠데…. 생각이 짧았다. 고민이 꼬리에 꼬리를 물었다. 두일은 재차 결심한 듯 자리에서 일어나서 거실로 나갔다.

두일은 부엌에서 무언가를 가져와 침대 머리맡에 뒀다. 식칼이었다. 그러나 이러고도 잠이 오지 않았다. 결국 자리에서 일어나서 안방에 있는 가구들을 전부 문 앞에 쌓아놓자, 그제야 안심이 되는지 고개를 끄덕였다. 다시 잠자리에 들려고 하는 그때, 현관문 소리가 들렸다. 철수가 집 밖으로 나가는 것 같았다. 그 소리를 들은 두일은 다시 안방 문을 바라봤다. 지금 나가면 여태 한 짓이 무슨 소용인가 싶었다. 한숨을 내쉬고 다시 침대에서 일어났다.

두일은 숨겨둔 보조 열쇠로 민기, 아니 철수의 방문을 열었다. 방은 아주 깔끔하게 정리돼 있었다. 이불은 각이 잡혀 있고 바닥도 언제 쓸고 닦았는지 깨끗했다. 또 신기하게도, 책상에 책들이 쌓여 있었다. 범죄심리학과 과학수사, 프로파일링 등의 각종 범죄학과 관련된 전공 서적들이었다. 《경감 승진 경찰간부 고득점 대비》도 제대로 못 본 두일은 머리가 지끈거렸다. 그리고 식은땀이 났다. 적을 알고 나를 알면 백 번을 싸워도 위태롭지 않다고 했던가. 철수는 연쇄살인을 저지르고도 경찰의 수사망을 유유히 빠져나간 '프로'였다. 연쇄살인범과 한집에 있다는 게 실감 됐다.

두일은 잡념을 버리고 소기의 목적을 떠올렸다. 언제 철수가 돌아올지 몰랐다. 얼른 노트북을 찾아야 했다. 하지만 아무리 뒤져도 노트북은 나오지 않았다. 이렇게 치밀하고 용의주도한 놈이 노트북을 대충 놔둘 리도 없었다. 두일은 길게 한숨을 내쉬었다.

밤새 한숨도 자지 못한 두일은 출근해서도 졸기만 했다. 영호의 인기척이 나자 그래도 정신을 차리려 했으나, 역시 쉽지 않았다. 그때 두일의 앞으로 중년의 남성이 앉았다.

"신고 좀 합시다."

그제야 잠에서 깬 두일은 팔뚝으로 침을 훔쳤다.

"네. 무슨 일이시죠?"

"이번 살인 사건의 범인을 알고 있는데요."

그의 말에 두일은 온몸에서 피가 식는 느낌이었다.

"네…? 그, 그게 누군데요?"

"당신."

"무, 무슨 말씀이세요, 어르신."

"너라고!"

두일은 깜짝 놀라서 주위를 둘러보았다. 다행히 주위의 형사들은 남성의 말을 듣지 못했는지 본인들의 일 처리를 하느라 분주했다.

"저기…."

두일이 다시 남성을 바라보는 그때 갑자기 그의 얼굴이 일그러지며 기괴한 형상을 띠더니 춘식의 얼굴로 바뀌었다. 그러고는 머리에서 피가 흘러내리더니 곧 피범벅이 되었다. 두일은 기겁했다.

"네가! 나! 죽였잖아!"

춘식이 손가락으로 두일을 가리키면서 외치자 부서 형사들이 모두 바라보았다. 두일은 고개를 저으며 변명하려 했으나 목소리가 나오지 않았다. 그저 바람 소리만 새며 앵앵거렸다. 그때 춘식이 잽싸게 일어나서 두일의 목을 조르기 시작했다. 어쩐 일인지 두일이 그 악력을 감당할 수 없었다. 두일의 얼굴은 점점 붉어지고 곧 숨이 넘어갈 것 같았다.

쾅!

성현이 안 닫히는 서랍 문을 발로 차자 두일은 그 소리 덕에 악몽에서 깨며 얼마나 놀랐는지 의자가 뒤로 넘어갔다. 팔을 허우적대며 넘어지지 않으려 했으나 결국 '쿵' 소리를 내며 엎어졌다. 엎어진 채로 식은땀을 흘리면서 숨을 몰아쉬던 두일은 그제야 숨을 골랐다. 영호가 다가와서 상태를 살폈다.

“어이, 두일이. 괜찮아? 오늘 안 좋아 보이는데?”

거칠게 숨을 내쉬던 두일은 답하지 못하고 그저 고개만 끄덕였다. 두일은 천천히 몸을 일으켜 의자에 앉았다. 그러고도 완전히 진정되지 않아 생수병의 물을 들이켰다. 물 한 통을 전부 다 비워내고도 손이 떨리는 중이었다. 두일은 맞은편에 있는 성현을 바라보았다.

“성현아, 너 실탄 좀 몰래 빼돌려 올 수 없어?”

“큰일 날 소리세요. 선배.”

“그치, 그건 안 되겠지…. 그럼 신원조회 좀 부탁하자.”

“신원조회 할 사람이 누군데요?”

“이름이… 잘 모르겠는데?”

곰곰이 생각해봤지만, 철수와 영희도 아니고 철수라는 이름이 본명일 리 없었다. 만에 하나 본명이라 해도 성을 몰라 소용이 없었다. 성현은 기가 찼는지 콧방귀를 뀌었다.

“제가 뭐 점쟁이입니까?”

잠시 생각에 잠겨 있던 두일은 무슨 생각이 떠올랐는지 다시 성현을 바라보았다.

“지문은 채취해올 수 있는데.”

“그건 되죠. 가져다주세요.”

벽시계를 바라보자 시계는 6시를 가리키고 있었다. 퇴근 시간만 기다리던 두일은 자리에서 일어났다.

"전 이만 퇴근하겠습니다."

부서 형사들이 모두 놀랐다. 이 형사가 물었다.

"네가 웬일이냐? 칼퇴를 다 하고?"

이번에는 박 형사가 물었다.

"가족 한국에 들어왔냐?"

"가족은 무슨. 아주 개족같은 게 들어왔다."

어리둥절하게 보는 형사들을 뒤로한 두일이 부서 밖으로 나가자 형사들이 한마디씩 했다.

"부럽다. 집에 들어가도 귀찮게 하는 사람 한 명 없고."

"나도 싱글로 돌아가고 싶다."

"어허. 못 하는 소리들이 없어!"

영호의 핀잔에 부서 형사들은 입을 다물었다.

두일은 집으로 들어왔다. 집 내부에는 정적이 흘렀다. 현관에는 철수의 신발이 놓여 있었다. 이유 없이 한숨이 나오려는데 또 다른 소리가 들렸다. 푸들이 현관에 서 있는 두일을 반겼다. 잠깐 멈칫하던 두일의 표정이 바뀌었다. 그러고는 갑자기 양말을 벗어 거실에다 냅다 던지자 푸들이 공을 쫓듯 양말을 물러 달려갔다. 아마 원래대로라면 두일에게 다시 가지고 왔겠지만 푸들은 양말을 물자마자 내뱉으며 격렬하게 으르렁거리기 시작했다. 두일은 입고 있던 옷가지도 하나씩 벗으며 거실 바닥에 던졌다.

잠시 후 거실 바닥에는 두일의 옷들로 지저분하게 널브러졌다. 러닝셔츠에 사각팬티 차림으로 냉장고 문을 열었다. 거기서 맥주 캔 한 개를 꺼내서 거실 소파에 드러누웠다. 리모컨으로 TV를 켜자 프로야구가 한창이었다. 두일은 철수의 방을 흘긋 보고서 TV 음량을 높였다. 집 전체가 TV 소리로 시끄러웠지만, 철수는 방에서 나오지 않았다. 두일은 음량을 더 높였다.

다 마신 맥주 캔을 한 손으로 찌그러뜨리고 아무 데다가 던져뒀다. 그러고는 화장실로 가더니 입고 있던 러닝셔츠와 사각팬티도 거실 바닥에 던졌다.

샤워를 마치고 나온 두일은 할 말을 잃었다. 거실에 던져둔 빨랫감과 쓰레기들이 전부 깨끗하게 치워져 있었다. 두일은 콧방귀를 끼며 크게 고개를 끄덕였다. 최대한 그를 질리게 만들어서 집에서 내보내야 한다. 아니, 제 발로 나갈 수밖에 없도록 만들어야 한다.

수건 한 장으로 주요 부위를 가린 채 거실로 나오자 낯설면서도 익숙한 소리가 들렸다. 철수가 요리하고 있었다. 칼질 소리, 압력밥솥 소리, 에어프라이어의 타이머 소리가 동시에 들렸다.

두일은 무슨 생각이 들었는지 혼자 실쭉거렸다. 그러며 잡고 있던 수건을 손에서 놓아버렸다. 그러자 수건이 떨어지며 나체 상태가 되었다.

"아이고 시원하다."

당황하는 철수를 보려고 앞으로 돌아섰다. 만족스러운 웃음을 짓고 있던 그때 '찰칵' 소리가 들렸다. 철수가 두일의 나체를 찍은 것이다. 되레 당황한 두일은 철수의 핸드폰을 빼앗으려 했다.

"야 이… 너 그거 당장 안 내놔?"

철수는 의외로 순순히 핸드폰을 내놓았다. 두일은 핸드폰에 저장된 자신의 나체 사진을 황급히 삭제했다. 그때 철수가 입을 열었다.

"제건 인터넷 클라우드로 바로 전송되거든요."

그의 말에 체념했는지 두일은 핸드폰을 내려놓았다. 혼이 빠진 채로 소파에 앉아 있자 곧 음식 내음이 진동했다. 식탁에는 진수성찬이 깔려 있었다. 반찬 수는 둘이 먹기에 넘치도록 많았고, 플레이팅 역시 정갈하고 깔끔했다.

두일은 속으로 적잖이 놀랐다. 먹음직스러워 보이는 음식들을 보자 무의식적으로 입맛을 다셨다. 그런 두일을 보고 철수가 웃으며 말했다.

"식사하시죠."

두일은 고개를 크게 휘젓고서 철수를 노려봤다.

"사람 죽인 손으로 만든 음식은 절대 입에 안 대!"

두일은 으름장을 놓으며 안방으로 들어갔다. 잠시 후 옷을 입고 나온 그는 부엌 찬장으로 다가가서 문을 열었다. 그 안에는 라면과 인스턴트 제품으로 가득했다.

두일은 찬장에서 컵라면 한 개를 꺼내어 전기포트로 끓인 물을 부었다. 식탁 끝에 앉아서 컵라면이 익기를 기다리자, 철수가 슬며시 김치를 내밀었다.

"김치는 냉장고에 있던 거예요."

두일은 잠시 머뭇거리다 당연하다는 듯 말했다.

"그래, 김치는 장모님이 주신 거니까 먹어야지."

두일이 젓가락으로 김치를 집어 먹자 철수가 이번에는 간장게장이 담긴 그릇을 슬며시 내밀었다.

"요 앞에 간장게장 전문점이 있더라고요."

"장승포 식당?"

"네. 미슐랭 가이드에도 선정됐던데 드셔보셨어요?"

두일은 답하지 않고 그저 침만 삼켰다. 평소 생활비에 허덕이는 두일에게 간장게장은 꿈도 꿀 수 없는 음식이었다. 두일은 정말 그러고 싶지 않았다. 하지만 시선이 자꾸 간장게장으로 향했다. 철수는 주방으로 돌아가서 다른 음식을 확인했다. 두일은 간장게장과 철수를 번갈아 보았다. 뒤돌아 있던 철수가 한마디 툭 던졌다.

"게장은 제가 만든 거 아니잖아요?"

그 말이 면죄부가 되었다. 더는 재고 따질 것도 없었다. 두일은 재빨리 젓가락을 놀려 간장게장 한 점을 집어먹었다. 간장게장을 넣고 씹는 순간 게의 살이 입안에서 눈처럼 녹았다. 간장에 잘 숙성된 게의 살과 알이 말라붙어 있던 두일의 미각을 일깨웠다. 입이 터졌다. 먹지 않았으면 모를까, 이제는 더 참을 수 없었다.

철수의 눈치를 볼 겨를도 없었다. 두일은 다시 간장게장 한 점을 집었다. 그렇게 한점 두점 게 눈 감추듯 먹더니 이윽고 등껍질에 밥까지 비벼 철수가 만든 반찬, 찌개를 먹었다. 두일은 정신없이 먹으면서도 뭔가 잘못되고 있단 걸 어렴풋이 느꼈지만, 이제 어쩔 수 없었다. 이 진수성찬을 눈으로만 보기에, 두일은 너무 오래도록 제대로 된 음식을 먹지 못했다.

철수의 요리 실력은 보통이 아니었다. 아내 수진은 명함도 못 내밀 맛이었다. 어느새 식탁 위에 있던 음식들을 전부 깨끗하게 비워냈다. 식사가 끝나자 두일은 허리를 의자 뒤로 젖힌 채 부풀어 오른 배를 앞으로 내밀었다. 간만에 제대로 된 음식으로 배를 채운 두일은 행복한 포만감을 느꼈다. 이판사판, 더 뻔뻔하게 굴기로 했다. 오히려 철수를 이용해먹는 것이라는 생각까지 들었다.

배를 두드리던 그때, 식탁에 놓인 컵 하나가 눈에 들어왔다. 철수가 사용한 유리컵이었다. 유리컵에는 철수의 지문이 또렷하게 찍혀 있었다. 때마침 형광등이 지문 자국을 더욱 선명하게 비추었다. 두일은 철수를 흘긋 바라보았다. 철수는 싱크대에서 설거지 중이었다. 두일은 재빨리 유리컵을 집어 들고 자리에서 일어났다. 안방으로 들어가려는 그때였다.

"디저트는 뭐 드시겠어요?"

쨍!

갑자기 등 뒤에서 철수의 목소리가 들려오자 깜짝 놀라서 손에 들고 있던 유리컵을 놓치고 말았다. 바닥에 떨어진 유리컵은 산산조각이 나면서 깨졌다. 두일은 낭패를 금할 수 없었다. 그때 철수가 설거지를 멈추고 다가왔다. 두일은 온몸이 굳어서 꼼짝도 할 수 없었다.

"제가 치울게요."

철수가 바닥에 깨진 유리 조각 중 큰 조각들을 맨손으로 집어서 쓰레기통에 버렸다. 두일은 그의 지문이 유리 조각에 잔뜩 묻는 것을 봤다. 웃음이 터지려 했다. 속으로 쾌재를 불렀다.

두일은 소파에 드러누워 TV를 켰다. 설거지를 마친 철수가 다기 세트를 들고 거실로 나왔다. 평소에 차를 많이 마시는지 차 우리는 솜씨가 능숙했다.

"과일 같은 건 없어?"

"식후에 과일 먹으면 혈당 올라가요."

두일은 못내 아쉬워 입맛을 다셨다. 철수가 차를 우려낸 찻잔을 건네주었다.

"난 됐어."

"몸에 진짜 좋은 건데."

두일은 두말없이 찻잔을 건네받았다. 철수는 거실 벽에 걸려 있는 두일의 가족사진을 바라보았다.

"그런데 가족분들은 집에 안 들어와요? 다 어디 가셨어요?"

차를 마시던 두일이 사레에 들려 기침했다. 심하게 들렸는지 여러 번 기침해도 진정되지 않았다. 주먹으로 가슴을 치며 겨우 진정한 두일은 철수를 노려보았다.

"한국 땅엔 없으니까 관심 꺼!"

"아 해외에 나가셨어요?"

"알 거 없잖아! 다시 가족 얘기 나오면, 그땐 가만 안 있어!"

두일이 불같이 화내며 으름장을 놓자 철수는 입을 다물었다. 그때 TV에서 오늘의 사건 사고 뉴스가 흘러나왔다. 여성 리포터가 사건을 보도했다.

"갓 태어난 남아의 시신이 인근 야산에서 발견됐습니다. 경찰 측에서는 현재 남아의 시신을 유기한 용의자를 추적하고 있습니다."

두일이 곁눈질로 철수를 흘긋 바라보았다.

"어째 이 동네는 조용한 날이 하루도 없냐? 야산이라 CCTV도 없으니 용의자 찾기는 글렀네."

"글쎄요. 남자아이라면…."

철수는 잠시 생각에 잠겼다가 말을 받았다.

"방법이 아주 없진 않을 거 같은데요?"

두일이 철수의 말에 호기심을 가졌다.

"뭐? 어떻게?"

"성염색체 중 Y염색체는 남성에게만 있어요. 아버지에게서 아들로 유전되죠."

두일은 무슨 말을 하는지 몰랐지만 무지를 들키지 않기 위해 알아들은 척 고개를 끄덕였다.

"응. 근데?"

"우리나라는 아버지의 성을 이어받잖아요. 그래서 Y염색체의 유전적 지표를 분석해서 공통점을 찾으면 범인의 성씨를 특정할 수 있어요. 더군다나 우리나라 5대 성씨는 인구의 절반이나 되고요."

두일은 잠잠히 듣기만 했다.

"그래서?"

"성씨 알아냈으면 인근에 그 성씨 가진 사람들 상피세포 채취해서 영아 DNA랑 비교해보면 되겠죠. 물론 사람들의 동의는 필요하겠지만요."

두일은 알겠다는 듯 고개를 끄덕였다.

강력팀 부서에서 사건 회의가 진행되었다. 그때 갑자기 두일이 손을 들어 올렸다. 영호가 두일을 바라보았다.

"뭐야?"

"제 생각엔 말입니다."

"뭔데?"

"성염색체인 Y염색체는 남성에게만 있어서 아버지에서 아들로 유전됩니다. 우리나라처럼 아버지의 성을 이어받는 사회에선 Y염색체의 유전적 지표를 분석해서 공통점을 찾는다면 범인의 성씨를 특정할 수 있거든요. 더군다나 우리나라 5대 성씨는 인구의 절반이나 되고요."

"그래서?"

"성씨 알아냈으면 인근에 그 성씨 가진 사람들 상피세포 채취해서 영아의 DNA랑 비교해보면 되겠죠. 물론 주민들의 동의서는 받고서 말입니다."

두일은 어젯밤 철수의 프로파일링을 토씨 하나 틀리지 않고 따라서 보고했다. 부서 형사들은 두일답지 않은 논리정연한 프로파일링과 예상치 못한 수사 방식을 듣고 지금 말하는 사람이 정말 두일이 맞는지 싶었다. 물론 겉으로 내색하지는 않았다. 잠깐 정적이 흐르며 모두 영호의 눈치를 살폈다. 영호가 고개를 끄덕였다.

"괜찮은 아이디어네. 그 방법으로 한번 접근해보지."

영호가 두일의 의견에 힘을 실어주자 나머지 부서 형사들도 고개를 끄덕였다.

국립과학수사연구원에서 영아의 DNA를 분석한 결과 영아의 Y염색체 단상형은 오 씨 성의 그것과 일치했다. 강력팀 형사들은 인근에서 오 씨 성을 가진 남성들을 조사했다.

오 씨 성을 가진 남성 전부가 상피세포 채취에 동의했다. 단 한 명, 20대 남성 오광호만 제외하고. 강력팀 부서 형사들은 모두 그를 수상하게 여길 수밖에 없었다. 직감이랄 것도 없었다. 그는 행동부터 말투까지 모든 게 부자연스러웠다. 부자연스러움을 감추려 그런 것인지, 형사들을 보며 오광호는 큰소리쳤다.

"이거 인권침해잖아요!"

형사들은 그의 반응에 속으로 헛웃음 지었다. 박 형사가 나서서 말했다.

"그럼 영장 받고 다시 오겠습니다."

이 형사가 박 형사의 말을 이었다.

"아 그리고 영장 나올 때까지 동네 주민 모두 오광호 씨를 주목할 겁니다."

여러 명의 형사가 몰려 있자 지나가던 동네 주민들이 입을 가린 채 수군거렸다. 주민들의 시선이 집중되자 오광호는 아무 말도 못 했다. 이번에는 정 형사가 말했다.

"행여나 도망칠 생각은 마십쇼. 우리 경찰도 오광호 씨를 주목하고 있거든요."

오광호는 결국 상피세포 채취에 동의할 수밖에 없었다.

DNA를 비교 분석한 결과, 아이의 아버지로 유력한 남성이 검거되었다. 역시 오광호였다. 자택에서 체포된 그는 강력팀 부서로 연행되어 들어왔다. 그는 박 형사 앞에 앉아 조사받았다.

"왜 그랬어요?"

범행 동기를 묻는 박 형사의 물음에 오광호는 아무 대답도 하지 않았다.

"오광호 씨! 왜 그랬냐니까요?"

박 형사의 언성이 높아지자 오광호는 고개를 들지 못하고 들릴 듯 말 듯한 목소리로 대답했다.

"키울 여건이 안 돼서 그만…."

근처에서 진술을 듣던 두일은 기가 찬다는 듯 한숨을 내쉬었다.

"어떻게 여건이 안 된다고 자기 자식을 죽입니까?!"

오광호는 아무 대답도 하지 못했다.

두일은 지퍼백 하나를 성현에게 건넸다. 두일의 손에는 반창고가 덕지덕지 붙어 있었다. 성현은 지퍼백이 무엇이냐는 듯 궁금한 표정으로 바라보았다.

"이게 뭡니까?"

"여기 묻은 지문 조사해봐."

지퍼백에는 철수의 지문이 담긴 유리 조각들이 담겨 있었다. 두일은 철수가 늦은 밤 쓰레기를 들고 집 밖으로 나가자 아파트 분리수거함을 뒤져서 그것을 찾아냈다. 그것을 찾아내느라 손에는 상처가 잔뜩 생기긴 했지만, 두일은 나름 만족스러웠다.

두일은 저녁 식사 후 철수와 함께 TV를 보는 중이었다. 철수는 바닥에 앉아서 수건을 개고 있었다. 수건을 개면서도 눈은 TV 드라마에서 떨어지지를 않았다. 두일은 실수인 척 리모컨으로 채널을 돌렸다. 그러자 TV에서는 오늘의 사건 사고 뉴스가 흘러나왔다. 철수는 수건 개던 것을 멈추고 두일을 바라보았다.

"이 시간대는 저한테 채널권 주기로 하셨잖아요."

그의 짜증에 다시 드라마 채널로 돌렸다. 두일은 철수를 흘긋 보며 물어볼지 말지 고민했다. 입이 근질거리던 그는 결국 물어보았다.

"저기 뭣 좀 물어보자."

"뭔데요?"

철수는 역시 TV에서 눈을 떼지 않고 대답했다.

"최근에 이 동네에서 출몰하는 발바리 있잖아?"

"그런데요?"

"너라면 그놈 어떻게 잡을래?"

"CCTV 있잖아요."

"모자랑 마스크를 써서 도무지 알아볼 수가 있어야지."

"영상은 있어요?"

"잠시만."

두일은 핸드폰에 저장해둔 CCTV 영상을 재생시켰다.

"내가 이놈 잡으려고 핸드폰에 CCTV 영상까지 넣고 다니잖냐."

거짓말이었다. 순전히 철수에게 보여주기 위한 영상이었다. 이미 철수의 프로파일링 실력은 검증됐으니까. 철수는 핸드폰에서 재생되는 CCTV 영상을 유심히 바라보았다. 잠시 후 알겠다는 듯 고개를 끄덕였다. 그러고는 잠깐 뜸을 들이다가 말했다.

"보세요."

"뭔데?"

두일은 철수가 가리키는 것을 보기 위해 그의 옆으로 다가갔다. 두일과 철수 사이의 거리는 어느덧 한 뼘도 채 되지 않을 정도로 가까워졌다. 그들은 나란히 앉아서 핸드폰에서 재생되는 동영상을 보았다.

"걸음걸이가 살짝 특이하죠?"

"걸음걸이?"

철수의 말을 듣고 보니 CCTV 속 발바리의 걸음걸이는 다소 특이했다.

"살짝 특이하긴 하네. 근데 이걸로 어쩌라고?"

"왼쪽 발이 바깥으로 나갔다가 회전을 그리면서 다시 안쪽으로 돌아오죠?"

발바리의 걸음걸이는 왼쪽 발이 바깥쪽으로 나갔다가 회전을 그리면서 다시 안쪽으로 돌아왔다. 철수의 말대로였다.

"어 그러네."

"이걸 좌측 원회전 보행이라고 하거든요?"

"좌측? 뭐?"

"좌측 원회전 보행이요."

"그럼 뭐 좀 이상한 걸음으로 걷는 사람한테 가서, 당신이 요즘 그 유명한 발바리 맞죠? 경찰서로 동행해줘야겠습니다, 그래?"

철수가 한숨을 내쉬었다.

"이런 거까지 일일이 다 설명해줘야 돼요? 형삿밥 어떻게 먹고 있어요?"

무안한 두일이 입맛만 다셨다. 철수는 한숨 쉬며 말했다.

"그 사람 따라가서 담배꽁초나 머리카락 주워보세요."

"그건 왜?"

"담배꽁초에 묻은 침이나 머리카락의 DNA랑 피해자 몸에서 나온 DNA하고 대조해보면 게임 끝이죠."

두일은 그제야 알겠다는 듯 고개를 끄덕였다.

"영국에서 최초로 법정 증거로 채택된 법보행분석법이란 겁니다. 법보행분석법."

철수가 써먹으라는 듯 정확한 명칭을 다시 읊어줬다. 두일은 잊지 않기 위해 입으로 '법보행분석법'이란 명칭을 여러 번 되뇌었다.

발바리 출몰 지역에 차 하나가 섰다. 차 운전석에 앉아 잠복한 두일은 행인들의 걸음걸이를 유심히 살폈다. 그렇다고 발바리가 바로 등장할 리는 없었다. 시간이 흐를수록 점점 눈꺼풀만 내려왔다. 그때 한 남성이 눈에 밟혔다. CCTV 속의 걸음걸이와 비슷해 보였다. 두일은 눈을 비비며 남자를 다시 봤다. 몇 번을 봐도 그 걸음걸이가 맞았다. 두일은 급히 차에서 내려서 그의 뒤를 몰래 쫓았다.

남성은 어느 복도식 아파트의 1층 현관으로 들어갔다. 두일은 그를 더 쫓지 않고 밑에 서서 아파트 위를 올려다봤다. 잠시 후 6층의 엘리베이터 쪽 등이 켜졌다. 이어서 복도 센서등이 도미노처럼 하나씩 켜지더니 한곳에서 멎었다. 센서등이 마지막으로 켜진 집이 아마 남성의 집일 것이었다.

두일은 아파트 뒤편에서 6층 남성의 집을 계속 주시했다. 무언가 기회가 생기지 않을까 서성였다. 다행히 오래지 않아 남성이 팬티차림으로 베란다에 나왔다. 그러고는 담배를 물더니 다 피운 담배꽁초를 베란다 밖으로 던지고 들어갔다. 두일은 콧노래를 흥얼거리며 담배꽁초를 핀셋으로 지퍼백 안에 담았다.

담배꽁초에 묻은 남성의 타액, 즉 침 속의 DNA와 성범죄 피해자의 DNA를 대조 분석한 결과, 그 남성이 발바리로 판명되었다. 남성은 곧바로 검거되었다. 이번에도 실적을 올리게 된 두일은 승진 가능성이 차츰 보였다. 이렇게만 실적을 올린다면 분명 가능할 것이었다. 두일은 본격적으로 철수를 써먹어 근무 실적을 올리기로 결심했다.

인도 가까이 정차한 두일의 차 조수석 문이 열리고 한 남자가 올라탔다.

"왜 부르셨어요?"

철수의 물음에 두일이 조수석 쪽으로 몸을 돌려 앉았다.

"잘 들어. 난 경찰이라서 수배범 잡아도 포상금 못 받아."

"대신 실적이 오르잖아요."

"용돈벌이 좀 하고 싶지 않아?"

"지금 저한테 딜 하시는 거예요?"

"내가 수배 정보를 물어올게. 한 번은 내 실적, 한 번은 네 포상금. 어때?"

철수는 여전히 심드렁한 표정이었다.

"제가 왜 그래야 하죠?"

"뭐?"

"이 형사님 좋은 일을 제가 왜 하냐고요."

의중을 들킨 두일은 버럭 화를 냈다.

"싫으면 마!"

"싫다고는 안 했는데요?"

"뭐?"

"흠…."

철수는 곧바로 대답하지 않았다. 철수는 CCTV 건부터 두일의 속이 훤히 보였다. 그래서 '법보행분석법'이란 단어로 가볍게 미끼를 던져봤는데, 두일이 너무 쉽게 미끼를 문 것이었다. 예상된 결과에 철수는 급할 게 없었다. 답도 이미 정해져 있었다. 하지만 대답을 늦추며 두일의 속을 태웠다. 협상의 주도권자가 거래에서 좀 더 우위를 점하기 위해 택하는 전형적인 심리 전략이었다. 물론 그 상황 자체를 즐기는 면도 있었다. 답답함을 참지 못한 두일이 담배 한 개비를 꺼내서 입에 물었다. 담배 냄새를 싫어하는 철수는 슬슬 답을 하며 두일의 흡연을 끊기로 했다.

"계약을 조금 조정하도록 하죠."

두일은 담배에 불을 붙이려다 말고 제안에 귀 기울였다.

"뭐? 어떻게?"

"제가 두 번 받을 때 이 형사님은 한 번 올리세요."

두일은 떨떠름한 표정이 됐다. 포상금이란 말로 쉽게 꾀어낼 수 있을 줄 알았는데, 역시 놈은 호락호락하지 않았다. 두일이 확답을 내리지 못하자 철수가 무표정한 얼굴로 말했다.

"싫으면 마시고요."

조금 전 두일의 말을 철수가 돌려주듯 읊었다. 두일은 매번 당하는 기분이었지만 어쩔 수 없었다. 자기 기분만 빼면 어떻게 봐도 밑지는 장사는 아니었다. 철수의 마음이 바뀔까 재빨리 답했다.

"좋아. 대신 두말하기 없기야."

두일과 철수는 차에서 수배 전단지를 보며 범인의 얼굴을 재차 확인했다. 제대로 추적한 게 틀림없었다. 전단지 속 범인이 맞았다. 두일은 급히 차에서 내려 그의 뒤를 밟았다. 범인이 기척을 느꼈는지 잠시 멈칫하다가 냅다 뛰기 시작했다. 두일도 급히 그의 뒤를 쫓아 달렸다.

범인은 되는 대로 눈앞의 식당에 달려 들어갔다. 주위를 둘러보고 도망칠 만한 곳을 찾으며 주방 뒷문으로 달아났다. 요리하던 직원들은 갑작스레 주방으로 들어온 범인을 멍하니 바라보았다. 그러는 새에 범인은 주방 뒷문으로 빠져나갔다. 두일 역시 범인의 뒤를 쫓아 식당으로 들어갔다. 뒷문으로 빠져나가는 범인을 보고 주방을 가로지르려 하자, 직원들이 이번에는 욕설을 날리며 두일의 앞을 에워싸기 시작했다. 인상 강한 주방 이모가 식칼을 들이밀었다.

"여기가 늬 집 안방이여?"

범인이 눈앞에서 달아나는 중이었지만 형사라도 서슬 퍼런 칼 앞에서는 속수무책이었다. 두일은 서둘러 뒤적이며 공무원증을 찾으려 했지만, 도무지 보이지 않았다. 급한 대로 수갑을 내보이며 말했다.

“저, 경찰, 경찰입니다. 경찰이라고요!”

“경찰이면 뭐? 경찰은 남의 주방 가로질러 다니라는 법이라도 있어?”

“아니, 아줌마, 아 범인이….”

“아줌마? 이 사람이 누구더러 아줌마래?”

주방 이모의 표정이 한층 굳었다.

“아니 누님, 지금 범인이….”

두일은 발이 묶여 급히 해명과 변명을 해야 했다. 당장은 도저히 식당 밖으로 나갈 수 없을 분위기였다.

범인은 뒷골목을 내달리다가 추적이 끊겼음을 감지했다. 슬그머니 식당 안을 보니 추적은커녕 난장판이 벌어진 상태였다. 그런 상황에 어이가 없어 헛웃음을 터트렸다. 유유히 휘파람을 불면서 식당 뒷골목에서 나왔다. 아니 나오려 했다.

끼이익! 퍽!

웬 차가 그를 들이박았다. 차에 치인 범인은 비명과 함께 허공에 잠시 붕 뜨더니 곧 도로 바닥에 나가떨어졌다. 차량 운전석에서 철수가 범인을 체포하라며 고개를 까딱거렸다. 두일은 숨을 헐떡이며 범인의 손목에 수갑을 채웠다.

두일과 철수가 동시에 범인 하나를 토끼몰이하여 잡을 요량이었다. 두일이 범인을 한쪽으로 몰이하면 철수가 반대편 이나 측면에서 나타나 그를 체포하려는 계획이었다. 그러나 두일은 얼마 못 가서 체력이 떨어졌는데, 다행히 범인은 의도대로 포위망으로 들어왔다. 반대편에서 나타난 철수가 길목을 막았다. 그것을 본 범인은 뒤돌아보았다. 쫓아오던 두일이 보이지 않자 뒤로 돌아서 도주했다. 담벼락을 짚은 채 숨을 헐떡거리던 두일은 범인이 달려오자 길을 가로막았다. 범인은 급히 방향을 틀어서 다른 골목으로 들어갔다. 철수는 범인의 뒤를 끝까지 쫓았다. 두일이 숨을 고르며 기다리자 철수가 곧 골목 안쪽에서 홀로 걸어 나왔다. 설마하니 지칠 대로 지친 범인을 놓친 건가 싶었다. 두일이 의아해하며 물었다.

"범인은? 설마 놓친 거야?"

철수는 외투 주머니에서 돈뭉치를 꺼내 보여주었다.

"현상금보다 더 많이 받았어요."

두일은 그런 그의 행동에 기가 막혔다. 그래도 액수가 꽤 돼 보이는 돈뭉치로 눈이 향하는 건 어쩔 수 없었다.

가족

형사과장이 들어오자 강력팀 형사들은 전부 자세를 고쳐 앉았다. 그가 좋은 일로 부서에 등장하는 경우는 손에 꼽을 정도였다. 부서 형사들은 바짝 긴장한 채로 모니터만 바라봤다. 눈이라도 마주쳤다가는 바로 타깃이 될 게 뻔했다. 형사과장이 느릿한 걸음으로 지나갈 땐 숨소리조차 나지 않았다. 두일 역시 마찬가지였다. 형사과장은 두일의 자리에서 걸음을 멈추고 책상에 걸터앉았다.

"과장님 오셨습니까? 하하…."

형사과장은 두일의 인사에 답은 않고 두일을 뚫어져라 쳐다보기만 했다. 두일은 더욱 긴장했다.

"이두일이, 너 뭐 잘못 먹었어?"

"왜 그러십니까? 제가 무슨 잘못이라도."

"근무 실적이 눈에 띌 정도로 달라졌잖아. 이두일이가 드디어 사람 구실을 다 하는구먼."

두일이 어색하게 웃음을 지었다.

"아하하, 제가 1팀 에이스 아닙니까?"

성현은 그 말을 듣고 어이가 없었는지 콧방귀를 뀌었다.

"누가 에이스래…."

형사과장이 두일의 어깨를 두드렸다.

"지금처럼만 해."

형사과장이 부서 밖으로 나가자 강력팀 형사들은 참았던 숨을 내쉬고 다시 편안한 자세로 고쳐 앉았다. 영호가 웃으면서 말했다.

"시험만 잘 치르면 이번 승진은 문제없겠다."

두일 역시 고개를 끄덕이면서 웃었다. 그때 두일의 핸드폰이 울렸다. 핸드폰 화면에는 아내 수진의 이름이 떠 있었다. 두일은 의자를 뒤로 젖힌 채 전화를 받았다.

"어, 여보."

"방금 막 도착했어."

"뭐?"

"방금 막 인천공항에 도착했다고."

수진의 말에 깜짝 놀란 두일은 자세를 고쳐 앉았다.

"이번 방학 때는 그냥 거기 있기로 한 거 아니었어?"

"돈 많이 들까 봐 그냥 있겠다고 한 건데, 직접 비행기 표까지 보내주는데 어떡해? 와야지."

수진은 좋은 기분을 감추지 않고 배시시 웃으며 말했다. 하지만 두일은 어찌 된 영문인지 몰라 어리둥절했다.

"무슨 소리야? 난 비행기 표 보낸 적 없…."

"이 형사님 부탁으로 나왔습니다."

두일의 말을 끊으며 익숙한 남성의 목소리가 들려왔다. 철수가 자기 가족 곁에 있다는 사실을 알게 된 두일은 경악을 금치 못했다. 아니, 거의 공황 상태에 빠졌다.

"저기 여보, 여보!"

두일이 외쳤지만, 수진은 아무 대답도 없었다. 아마도 철수와 이야기를 주고받는 것 같았다. 잠시 후 수진의 목소리가 들렸다.

"일단 집에 가서 얘기해."

전화가 끊어지자 두일은 급히 자리에서 일어났다.

"여보! 여보!"

두일의 외침에 부서 형사 모두가 바라보았다. 충격을 받은 두일은 넋이 나간 채 자리에 서 있었다. 모든 것이 철수, 아니 연쇄살인범의 계획 같았다. 이대로 넋 놓고 있을 수만은 없었다. 두일은 두 손으로 뺨을 때리며 급히 정신을 차렸다. 그리고 영호에게 말했다.

"와이프랑 애들이 방금 막 한국에 들어왔다네요. 잠시 집에 갔다가 바로 복귀하겠습니다."

"오늘은 됐으니까 그만 들어가."

"감사합니다."

두일은 쫓기는 것처럼 집으로 향했다.

현관문을 거칠게 연 두일이 헐레벌떡 집 안으로 뛰어 들어왔다. 거실에 서 있던 수진이 뒤돌아보았다.

"안방에 자물쇠들은 다 뭐야?"

안방 문에 설치돼 있던 자물쇠들은 전부 열려 있었다. 그때 안방에서 철수가 나왔다. 그는 현관에 서 있는 두일을 보면서 수진에게 다가왔다.

"가방 전부 들여놨습니다."

"수고했어요."

수진은 미소를 지으며 말했다. 철수는 팔이 드러나는 민소매 티셔츠를 입고 있었다. 슬며시 붙은 근육에 살짝 태운 듯

한 구릿빛 피부는 남자가 봐도 멋있었다. 때마침 수진의 시선은 철수의 팔 근육을 향하고 있었다. 두일은 자신의 팔을 바라봤다. 한때는 옹골진 근육으로 가득 찼었지만, 지금은 술과 태만에 절어 살로 뒤덮인 팔에 불과했다. 팔뿐만이 아니었다. 배는 타이어를 두른 듯 앞으로 튀어나와 있었다. 그나마 겨우 발끝이 보이는 게 위로라면 위로였다. 그에 반해 철수는 탄탄한 가슴근육 아래로 군살 없는 몸을 자랑했다. 티셔츠를 걷어 올리면 복근이 있을 것만 같았다. 두일은 배에 힘을 줘 최대한 뱃살을 감추려 했다.

"철수 씨 덕분에 너무 편하게 온 거 있지?"

"철수 씨?"

두일은 철수 씨라는 호칭에 온몸에 힘이 빠졌다. 뱃살도 다시 앞으로 튀어나왔다.

"응. 철수 씨가 공항까지 차로 마중 나와서 집까지 얼마나 편하게 온 지 몰라. 당신이 부탁했다며?"

두일은 어리둥절하게 철수를 바라보았다. 철수는 미소를 지으며 고개를 끄덕였다.

"응? 응… 그치."

얼떨결에 수긍한 두일은 뒷주머니에서 지갑을 꺼내 지폐 몇 장을 철수 손에 쥐여줬다.

"수고했다. 나가서 친구들이랑 맛있는 거라도 사 먹어."

예지와 민기가 거실로 나왔다. 두일은 그들을 껴안았다.

"아이구, 우리 아들딸. 잘들 지냈어?"

"아, 징그럽게!"

예지가 학을 떼며 두일의 팔을 뿌리쳤다. 민기 역시 마찬가지였다. 그때 예지가 베란다에 있는 푸들을 보고 그쪽으로 다가갔다.

"웬 강아지야? 이름 뭐야?"

두일이 수진에게 물었다.

"이름은 아직 없고, 그나저나 오랜만에 같이 외식할까?"

그때 철수가 끼어들었다.

"제가 저녁 준비해뒀는데요."

두일의 얼굴이 일그러졌다. 반면 수진은 반색했다.

"정말요? 잘 됐다. 다시 나가기도 피곤한데 오늘은 그냥 집에서 먹자."

두일이 눈치를 주자 철수는 알겠다는 듯 고개를 끄덕였다.

"전 나가보겠습니다. 가족끼리 오붓한 시간 보내세요."

두일은 안도했다. 수진의 말을 듣기 전까지.

"철수 씨도 같이 식사해요. 그래도 되지, 여보?"

수진의 말에 두일의 얼굴은 다시 찌푸려졌다.

"오늘은 가족끼리만 하자."

"철수 씨가 너무 고생했어. 그리고 오늘 아니면 언제 또 시간 따로 내?"

두일은 한숨을 내쉬었다.

"이건 또 무슨 짓이야?"

각자가 방으로 들어가자, 거실에는 두일과 철수 단둘만 남았다. 그러자 두일이 버럭 소리를 질렀다. 방에서 푸들과 놀던 예지가 뒤돌아보았다. 두일은 예지의 시선을 느끼고 목소리를 낮추었다.

"이미 충분히 약점 잡고 있으면서 또 뭐 하려고?"

철수가 알 수 없는 웃음을 지으며 말했다.

"재밌잖아요."

그의 천진한 대답에 두일은 말문이 막혔다. 예지는 두일과 철수가 무슨 대화를 나누는지 궁금한 표정으로 바라보았다. 두일은 말을 더 이을 수 없었다.

식탁 위에는 진수성찬이 차려져 있었다. 곧 모든 가족이 식탁 위의 음식을 보고 입을 다물지 못했다.

"우와. 이거 철수 씨가 전부 준비한 거예요?"

"이 형사님이랑 같이 준비했습니다."

수진이 피식 웃었다.

"이 사람이 할 줄 아는 건 라면밖에 없어요."

저녁 식사를 하는 동안은 정적이 흘렀다. 두일은 철수 너머에 있는 조리대에 칼꽂이를 바라봤다. 그 주위에 도마와 프라이팬 등 무기로 쓸 만한 것들을 살폈다. 철수가 두일의 시선을 주시하자, 두일도 철수의 눈을 피하지 않고 노려보았다. 그때 수진이 물었다.

"어떻게 철수 씨랑 같이 살게 된 거야? 나한테 한마디 상의도 없이?"

"그냥 뭐 생활비에 보탤 겸. 남는 방에 하숙생 들였지."

두일은 철수의 눈치를 살피며 아무렇게나 둘러댔다.

"잘했네."

"뭐?"

"당신이 웬일로 칭찬받을 짓을 다 했어?"

두일은 의외의 칭찬에 어떻게 반응해야 할지 몰랐다. 예지가 철수에게 물었다.

"아저씬 뭐 하세요?"

"아저씨라니? 나 서른도 안 됐어. 오빠라고 불러줄래?"

두일이 콧방귀를 뀌었다.

"오빠는 무슨? 아저씨 맞구만."

철수가 두일을 무표정한 얼굴로 바라보았다. 감정이 없는 것처럼 차가운 얼굴이었다. 두일은 급히 입을 다물었다.

"삼촌 정도 되겠네."

수진의 말에 심기가 뒤틀린 두일이 짜증을 냈다.

"쟤가 왜 삼촌이야?"

"그래도 아저씨보단 삼촌이 낫지. 안 그래요? 철수 삼촌?"

"네."

철수가 애써 웃으며 대답했다.

"그래요, 철수 삼촌은 하는 일이 뭐예요?"

"고시 준비 중입니다."

두일은 콧방귀를 뀌며 실소를 금치 못했다. 그러자 가족 모두가 두일을 바라보았다. 이번엔 철수가 화제를 돌리기 위해 민기를 바라봤다.

"이름이 뭐야?"

민기는 아무 반응이 없었고, 옆의 예지가 대신 대답했다.

"이민기예요."

"민기는 몇 살이야?"

민기는 여전히 답하지 않고 입을 꾹 다물고 있었다. 이번에도 예지가 대신 대답했다.

"열두 살인데요, 얜 말을 안 해요."

"왜?"

"그건 저도 몰라요."

철수와 예지의 대화를 듣고 있던 수진이 한숨을 내쉬었다.

"어휴 정말 분통 터져 죽겠어."

그녀의 신경질에 밥상 분위기는 갑자기 싸늘해졌다. 민기가 수저를 내려놓고 일어나 꾸벅 인사하곤 방으로 들어가 버렸다. 두일은 고개를 가로저었다.

"조기 유학해야 한다고 그렇게 노랠 부르더니, 캐나다에서 밥상머리 예절은 안 가르쳤나 봐?"

두일의 조롱에 수진의 심기가 뒤틀렸다.

"어 맨날 이런 식이지? 당신이 언제 애들 교육에 신경 쓴 적이라도 있어?"

부부 싸움이 시작되자 예지는 한숨을 내쉬었다.

"엄마 아빠 싸우는 거 지긋지긋해 죽겠어."

두일과 수진이 동시에 소리쳤다.

"조용해!"

저녁 식사를 마친 두일은 민기 방 앞에서 문을 두드렸다.

"민기, 너 나와서 아빠랑 얘기 좀 해."

방에서는 아무 대답도 없었다. 방문을 열고 안으로 들어가려고 했지만 문이 잠겨 있었다. 두일은 방문을 향해 외쳤다.

"빨리 문 안 열면 열쇠로 따고 들어간다!"

민기는 여전히 대답하지 않았다. 거실에서 TV를 보던 수진이 짜증 냈다.

"그만 좀 해!"

두일은 대꾸하지 않고 보조 열쇠를 가져왔다. 하지만 문은 열리지 않았다.

"뭐야? 이거 왜 안 열려?"

손잡이를 해체라도 할 생각인지 아예 공구함을 가져왔다. 그때 초인종 벨이 울렸다. 예지가 인터폰으로 다가갔다.

"누구세요?"

예지가 인터폰 수화기를 곧바로 내려놓고 현관문으로 다가갔다. 두일은 예지의 행동이 신경 쓰였다.

"누구야?"

예지는 물음에 답하지 않고 현관문을 열었다. 그러자 현관문 밖에 순경 두 명이 서 있었다. 두일은 무슨 일인가 싶었다. 순경 두 명이 집 현관으로 들어왔다.

"지구대에서 나왔습니다. 이두일 씨 맞습니까?"

두일은 순경의 물음에 긴장했다.

"네. 그런데 무슨 일로?"

"신고 전화 받고 왔습니다."

두일은 마침내 올 것이 왔다고 생각했다. 수진과 예지는 흙빛이 된 두일을 무슨 일이냐는 듯 바라보았다. 두일은 체념하고 모든 것을 털어놓으려 했다.

"저기, 그건 제가 실수로 넘어뜨…."

"이민기 학생 이름으로 아동학대 신고 접수됐습니다."

그때 다른 순경이 말을 끊었다.

"네?"

어안이 벙벙해진 두일은 민기가 들어간 방을 바라보았다.

"지구대로 같이 가주셔야겠습니다."

순경 두 명이 두일의 양팔을 붙잡으려 했다.

"저기 잠깐!"

두일은 순경들의 팔을 뿌리치고 급히 안방으로 들어갔다. 잠시 후 무언가를 가지고 나온 두일은 어딘지 멋쩍게 순경들에게 액자 하나를 내밀었다. 사진에는 두일이 서내 체육대회에서 강력팀 부서 형사들이 주먹을 쥔 채 파이팅 자세로 서 있었다. 또 그 위 현수막에는 경찰 마크가 큼지막하게 박혀 있고, 〈민생치안 역량 강화 결의 및 한마음 체육대회〉라는 글씨가 쓰여 있었다. 사진을 본 순경들은 다시 두일을 바라보았다. 두일은 머쓱하게 웃으며 말했다.

"공무원증을 어디에다 두긴 뒀는데 찾을 수가 없어서…."

두일은 평소 공무원증을 잘 가지고 다니지도 않는 데다가 어디에 둔 지도 도저히 기억나지 않았다. 그래서 공무원증 대신 액자로 자기 신분을 밝힌 것이다.

두일이 형사라는 것을 알게 된 순경이 거수경례했다. 그러자 그 옆에 있던 순경 역시 따라서 거수경례했다. 두일은 창피한지 그들과 눈을 마주치지 못한 채로 말했다.

"제가 잘 타이르도록 하겠습니다."

순경들이 집 밖으로 나가자 현관문을 닫은 두일은 한숨을 내쉬었다. 그때 철수가 현관문을 열고 집으로 들어왔다. 그는 현관에 서 있는 두일을 보았다.

"여기서 뭐 하세요?"

예지는 철수의 손에 들린 상자 하나를 보았다.

"그건 뭐예요?"

"아까 이 형사님이 준 돈으로 사 왔어. 귀국 기념으로 촛불 켜고 좋잖아."

"민기야, 케이크 안 먹을래?"

철수가 민기를 넌지시 불렀다. 그러자 민기는 곧바로 방문을 열고 밖으로 나왔다. 두일은 저게 정말 자기 아들이 맞는지 싶어 기가 찼다.

어질러져 있던 춘식의 사무실은 깨끗하게 정리되었다. 춘식의 오른팔이자 실장인 태곤은 원래 춘식의 자리이던 소파 상석에 앉고, 그 옆으로는 부하 세 명이 일렬로 서 있었다. 그들은 모두 검은색 정장에 하얀색 와이셔츠 차림으로, 넥타이는 매지 않았다. 여자 경리가 태곤에게 다가와 보고했다.

"장부가 든 노트북이 사라졌어요."

"에이, 씨발!"

태곤은 유리 재떨이를 집어던졌고, 재떨이는 벽에 부딪혀 산산조각 났다. 부하들은 괜히 그의 화를 더 키울까 봐 아무 말도 하지 못했다. 태곤이 화분을 집어 들어서 그것마저 던지려는 그때 부하 한 명이 입을 뗐다.

"저기 실장님."

"뭐야?"

그의 부름에 태곤이 화분을 내려놓았다.

"삐삐도 사라졌는데요?"

태곤은 기가 찼다.

"지금 그깟 개새끼 한 마리 사라진 게 대수야?"

"전에도 삐삐가 사라진 적이 있었습니다."

"근데?"

"하지만 밥시간이 되면 언제나 사무실로 돌아왔습니다. 그런데 이번엔 안 돌아오는 것이 조금 이상합니다."

"그래서 뭐? 지금 그깟 개새끼가 문제냐고?"

태곤은 다시 짜증이 폭발하기 직전이었다.

아무래도 장부를 가져간 놈이 삐삐도 데려간 것 같습니다."

그의 말에 태곤이 우뚝 멈췄다. 부하가 계속 말했다.

"이렇게 해볼 수도 있지 않겠습니까?"

"뭔데?"

부하는 다른 직원에게 고개짓 했다.

그러자 다른 직원이 곧 핏불테리어 한 마리를 끌고 방에 들어왔다. 불독과 테리어를 교배해서 만든 투견인 핏불테리어는 그 이름값이라도 하듯 정말 무시무시해 보였다. 날카로운 이빨은 입마개로도 다 가릴 수 없었고, 침을 흘리며 으르렁대는 것만 봐도 공격성을 알 만했다. 다른 부하들처럼 태곤도 겁이 났지만, 체면상 최대한 담대한 모습을 보였다. 그때 부하가 웬 담요를 펼쳐 보였다.

"그건 또 뭐야?"

"삐삐가 오줌을 싼 담요입니다."

담요에는 오줌 얼룩이 남아 있었다. 부하가 핏불테리어에게 그것의 냄새를 맡게 했다. 핏불테리어는 담요에 코를 박더니 곧 격렬하게 짖어댔다. 태곤이 물었다.

"정말 효과 있겠어?"

"한 번 물기만 하면 절대 놓지 않습니다."

태곤은 만족한다는 듯 고개를 끄덕였다. 그때 덩치가 큰 부하가 한 발 앞으로 나왔다.

"근데 장부를 가져간 놈이랑 삐삐를 데려간 놈이 다른 놈이면 어떻게 되는 겁니까?"

산통을 깨는 그의 말에 사무실 분위기가 다시 냉랭해졌다. 물론 그의 말도 일리가 있었지만, 태곤의 심기를 건드렸을까 다른 직원들은 표정이 급격하게 굳었다.

"어떻게 되긴 뭘 어떻게 돼? 좆되는 거지."

태곤의 말에 부하들은 아무 말도 하지 못했다.

"지금 단서는 삐삐밖에 없다. 우선은 삐삐를 찾는다."

"네!"

"사운이 걸린 문제다. 잘못되면 다 죽는다 이 말이야. 똥꼬에 힘 바짝 주고 그 개새끼 반드시 찾아내!"

"네!"

부하들은 바짝 긴장하며 대답했다.

병원 대기실 의자에는 4, 50대의 남성들이 하나 같이 고개를 푹 숙인 채 앉아 있었다. 두일 역시 대기 의자에 앉아서 차례를 기다리고 있었다. 대기실 벽면 포스터에는 근육질의 남성 보디빌더가 검은색 삼각팬티만 입고 박력 있는 자세를 취하고 있었다. 포스터 아래에는 '강하고 당당한 남성! 세워라 자신감!'이라는 문구가 검고 굵은 글씨로 쓰여 있었다.

"이두일 씨. 진료실로 들어가실게요."

간호사의 말에 두일은 번쩍 일어나서 진료실로 향했다.

두일은 백발의 나이 든 의사 맞은편에 앉았다.

"보통 고혈압이나 당뇨, 고지혈증, 흡연 등의 혈관인성 요인과 신경 질환 및 신경 손상으로 인한 신경인성 요인이 그 원인인 경우가 많지만, 심인성 요인도 무시할 수 없습니다."

"심인성 요인이요?"

의사가 고개를 끄덕였다.

"네, 검사 결과 이두일 씨는 기능적으로 아무런 문제가 없습니다. 심인성, 즉 심리적인 문제가 큽니다."

두일은 의사의 말을 잠잠히 들었다. 의사 어깨너머의 책장에 놓인 두개골 모형이 신경 쓰였다. 마치 두개골 모형의 턱이 조금씩 움직이는 것 같았다. 아니, 정말 움직였다. 그 턱이 점점 빠르게 떨리더니 입이 벌어지며 말을 했다.

"왜, 왜, 왜, 왜 그랬어…!"

두일은 너무 놀라 숨이 막혔다.

"이두일 씨, 이두일 씨?"

의사는 얼이 빠진 두일을 몇 번이고 불렀다. 의사의 부름에 간신히 정신을 차린 두일이 숨을 크게 내쉬었다.

"죄송합니다, 선생님."

"스트레스의 원인을 찾고 해소하시면 다시 정상적으로 기능할 것으로 보입니다."

두일은 다시 의사 어깨너머에 있는 두개골 모형을 바라보았다. 다행히 두개골은 이제 움직이지 않았다.

두일이 '스트롱맨 비뇨기과 의원' 간판을 뒤로하고 걸어 나왔다. 그때 지나가던 젊은 여성과 눈이 마주치자 두일은 괜히 눈을 내리깔게 됐다. '내가 왜 이렇게 됐을까'하는 상념이 스칠 때, 한 남성이 다가왔다. 남성은 두일과 비슷한 나이대로 보였는데 아무 말 없이 뭔가를 내밀었다.

"뭡니까?"

약도가 그려진 쪽지였다. 남성은 누가 들을까 목소리를 낮춰 말했다.

"아까 대기실에 앉아 있는 거 봤수다. 오지랖이라 생각할 수도 있겠지만 속는 셈 치고 한번 가보슈."

그 말과 함께 남성은 온데간데없이 사라졌다. 두일은 뭔가에 홀린 기분이었다.

두일은 쪽지의 약도를 보며 골목길을 걸었다. 으슥한 골목길을 지나고 구불구불하게 난 길을 들어가자 약도에 별표가 그려진 곳이 보였다. 그곳에는 '계룡산 팔선녀'라는 간판이 걸려 있었다. 점집을 본 두일은 어이가 없었지만, 이상하게도 발걸음을 멈출 수는 없었다. 스스로 한심하다고 여기면서도 결국 점집의 문을 열었다.

점집은 대낮임에도 암막 커튼이 쳐져 있어서 볕이 한 점도 들어오지 않았다. 밀대 양초의 촛불만이 내부를 밝히고 있었다. 어둠 속에서 촛불이 일렁이자 벽 쪽의 불상과 불화 들이 더욱 부리부리해 보였다.

두일은 무당 앞에 무릎 꿇고 앉았다. 무당은 20대의 젊은 여성으로, 짙은 화장을 하고 있었다. 그녀는 두일의 사타구니 부위를 뚫어져라 쳐다보았다. 두일은 날카로운 시선에 괜히 수치심이 들어 다리를 서서히 오므렸다.

"집에 들이면 안 될 걸 들였구먼."

두일은 철수 생각이 번쩍 들어 깜짝 놀랐다. 무당은 그 표정 변화를 놓치지 않았다.

"쉽지 않겠어."

"네? 정말인가요?"

"그것이 자네 양기를 전부 빨아들이고 있어."

두일은 침을 꿀꺽 삼켰다.

"그럼 전 어떻게 해야 하죠?"

무당이 소반 밑에서 괴황지와 붓, 빨간색 부적 기름을 꺼냈다. 그녀는 붓을 빨간색 부적 기름에 담갔다가 괴황지에 글씨를 써 내려갔다. 두일은 고개를 돌려서 그것을 읽어보려 했다. 그러나 한글도 아니고 한자도 아닌 것이 무슨 글씨인지 알 수가 없었다. 무당이 두일의 앞으로 부적을 내밀었다.

"이걸 집에서 양기가 제일 강한 곳에 붙여 놔."

"양기가 제일 강한 곳이요?"

무당이 고개를 끄덕였다. 곰곰이 생각하던 두일은 곧바로 철수의 방을 떠올렸다. 그러고는 다시 무당을 바라보았다.

"혹시 귀신 쫓는 부적도 하나 써주실 수 있겠습니까?"

무당은 별것 아니라는 듯 일필휘지로 부적을 써 내려갔다. 두일이 소반 위에 있는 부적을 가져가려고 했다. 하지만 무당은 손을 떼지 않았다. 두일이 바라보자 무당은 헛기침만 했다.

"아차!"

두일이 그제야 뜻을 알아차리고 지갑에서 지폐를 꺼내 앞으로 내밀었다. 무당은 그제야 부적에서 슬며시 손을 뗐다.

예지는 안방 문을 살짝 열고 안을 들여다보았다. 아침 햇살이 침대에 누운 두일의 얼굴을 비췄지만, 그는 여전히 잠에서 깨지 않았다. 예지는 조용히 안방으로 들어와서 옷장 문을 열었다. 두일의 상의 안주머니에서 지갑을 찾아서 지폐 몇 장을 빼내었다. 지갑을 다시 상의 안주머니에 넣고서 안방에서 나가려 했다. 그때 화장대 위에 충전 중인 두일의 핸드폰이 보였다. 고민하던 예지는 핸드폰을 집고 두일의 엄지에 핸드폰을 갖다 대어 지문으로 잠금을 풀고, 핸드폰을 빠르게 살폈다. 그러다 갑자기 예지의 표정이 확 굳었다. 넋이 나간 채 입을 벌리고 서 있던 예지는 곧 안방에서 도망치듯 나갔다.

핸드폰 벨 소리에 잠에서 깬 두일은 두 눈을 감은 채 전화를 받았다.

"여보세요?"

"너 왜 출근 안 해?"

"어, 영호 형. 나 오늘 연차 썼는데?"

두일은 여전히 잠이 덜 깬 목소리였다.

"이번 사건 때문에 당분간 연차는 안 돼."

"오늘만 좀 봐주라."

"너 이번에 승진 안 할 거야?"

두일은 한숨을 내쉬었다.

"알았어, 간다! 가!"

두일은 짜증 내며 전화를 끊었다. 출근 준비를 마친 두일이 철수의 방문을 살짝 열어봤다. 방안에는 아무도 없었다. 부엌에서는 수진이 설거지 중이었다.

"철수 놈 어디 갔어?"

"당신 씻을 때 어디 나가던데?"

철수의 방에 들어온 두일은 주머니에서 부적을 꺼내 어디에 숨겨둘지 고민했다. 철수가 쉽게 발견하지 못할 만한 곳을 찾다가 그의 팬티를 봤다.

'이걸 집에서 양기가 제일 강한 곳에 붙여놔.'

무당의 말을 상기한 두일은 철수의 팬티를 집어 들었다. 그때 방문 쪽에서 인기척이 느껴졌다. 그곳을 바라보자 방문 앞에 예지가 서 있었다. 예지는 두일의 행동을 보고 벌어진 입을 다물지 못했다. 그것을 본 두일은 황급히 등 뒤로 부적과 팬티를 감추었다. 어색한 기류가 흐르자 두일이 급히 말을 꺼냈다.

"어디 나가게?"

예지는 무시하며 현관에서 신발을 신었다.

"예지 너 용돈 필요 없어?"

"필요 없어!"

예지는 문을 쾅 닫고 집에서 나갔다. 설거지를 마치고 거실로 나온 수진이 그 소리를 듣고 깜짝 놀랐다.

"쟨 또 왜 저래?"

두일은 한숨을 내쉬었다. 방금 상황을 딸에게 어떻게 해명해야 할지 알지 못했다.

"철수 놈 집에 들어오면 바로 나한테 전화 줘."

"알았어."

민기는 아파트 놀이터 벤치에 앉아서 핸드폰을 보고 있었다. 이 동네에서 발생한 사채업자 조모 씨 살인 사건 뉴스 기사였다. 민기는 또래 아이들과 다르게 범죄 사건에 관심이 많았다. 더군다나 자기 동네에서 발생한 사건이라 더욱 관심이 갔다. 그때 놀이터에 민기와 또래로 보이는 동네 아이 세 명이 나타났다. 그들이 민기 앞으로 다가왔다.

"야 너 어디서 왔어?"

"여기 우리 놀이터인 거 몰라?"

승우와 경찬이 시비조로 물었다. 그러나 민기는 아무 반응도 하지 않았다.

"얘 말 못 하나 봐."

지훈의 말에 승우와 경찬이 웃었다. 민기는 한숨을 내쉬고 벤치에서 일어났다.

"어쭈? 일어나면 어쩔 건데?"

경찬이 앞을 가로막았다. 민기는 고개를 가로저으며 다른 곳으로 돌아가려고 했다. 그러자 이번에는 승우와 지훈이 앞을 가로막았다. 민기는 세 명의 아이들에게 둘러싸여서 꼼짝도 할 수 없었다. 아이들은 그런 민기를 보고 저들끼리 낄낄거리며 웃었다. 민기가 어쩔 수 없다는 듯 다시 한숨을 내쉬었다.

"안 되겠네."

"안 되긴 뭐가 안 돼?"

아이들은 또다시 낄낄대며 비웃었다. 그때 갑자기 주먹이 날아오자 더는 비웃을 수 없었다. 민기의 주먹에 다들 속수무책이었다. 민기에게 맞아 쓰러진 아이들은 찔끔찔끔 눈물을 흘렸다. 아이들 싸움에서는 울음을 터트리거나 코피가 나면 승자와 패자가 곧바로 갈렸다. 잠시 후 아이들은 벤치에 앉아 있는 민기 앞에 조르르 앉았다.

"자, 잘 들어."

민기가 아이들에게 핸드폰을 내밀며 사채업자 조모 씨 살인 사건 뉴스 기사를 보여주었다.

"우리가 이 사건의 범인을 잡아야 해."

"우리가 왜?"

민기는 마땅한 이유를 댈 수 없었다. 그저 나쁜 짓을 저지르면 안 되고 범인을 체포하는 것이 당연한 일이라고 생각했기 때문이다. 그 나이대의 아이들이 흔히들 학습한 권선징악적 사고였다. 민기가 경찬의 뒤통수를 때렸다.

"뭘 따져? 그냥 시키면 따라. 그리고 앞으로 대장이라고 불러. 알겠어?"

주먹맛을 본 아이들은 민기의 명령에 고분고분했다.

강력팀 부서 회의실에서는 춘식의 살인 사건에 대한 브리핑이 진행되었다. 회의실 전등이 모두 꺼진 상태였지만 두일

의 핸드폰 화면만은 유난히 밝게 빛났다. 자신의 가족이 철수와 함께 있을지도 모른다는 불안감에 계속해서 연락을 취했다. 하지만 수진, 예지, 민기 누구도 연락을 받지 않았다.

성현이 프로젝터 스크린 앞에 서서 브리핑을 진행했다. 스크린에는 춘식의 부검소견서가 떴다.

"부검 결과, 조춘식의 사망 원인은 후두부 손상에 의한 과다 출혈로 밝혀졌습니다. 그리고 시신에서 지문 하나가 발견됐는데요."

지문이 발견됐다는 말에 부서 형사들은 더욱 집중해서 스크린을 바라보았다. 반면 두일은 회의에 집중하지 않고 계속해서 문자를 보내고 있었다. 성현이 리모컨으로 다음 슬라이드를 넘기자 프로젝터 스크린에는 두일의 경찰공무원증 사진으로 화면이 가득 채워졌다.

"이두일 선배님."

성현의 말에 부서 형사들 모두 두일을 바라보았다. 두일 역시 자신의 이름이 호명되자 고개를 들었다. 스크린에 뜬 자신의 경찰공무원증 사진을 보고 아무 말도 못 했다. 시신을 유기할 때 딴에 지문을 지운다고 지웠지만, 미처 처리하지 못한 게 있던 것이다.

최근에는 과학수사 감정 기술이 발달하면서 1센티의 쪽지문만으로도 용의자를 특정할 수 있게 됐다. 지문이라는 결정적인 증거 앞에서 두일은 어떤 변명도 할 수 없었다. 회의실 내부에 정적이 흐르던 그때, 영호가 한숨을 내쉬며 말했다.

"너 짬밥이 얼마야?"

"네?"

"현장에서 시신 맨손으로 만지지 말라니까."

속으로 가슴을 쓸어내린 두일은 어색하게 웃었다.

"쏘, 쏘리. 간만에 몰입하다 보니."

영호가 자리에서 일어나서 스크린 앞으로 나가자 성현이 전등을 켰다.

"전부 집중."

영호의 말에 부서 형사들이 모두 집중했다.

"암튼 말이야. 지금 우리 쪽에 보는 눈이 전부 쏠려 있으니까 다들 정신 똑바로 차려. 알겠어?"

"네!"

부서 형사들이 다 같이 대답했다. 영호가 두일을 바라봤다.

"어이 강력 1팀 에이스."

"네?"

"말로만 에이스다 뭐다 하지 말고 실력 발휘 한번 해봐. 이번이 기회잖아."

"네, 네."

두일이 마지못해 대답했다.

"이상."

영호가 회의 종료를 알리며 밖으로 나갔다. 부서 형사들 역시 하나둘씩 자리에서 일어났다. 두일은 곧바로 수진에게 전화를 걸었다. 수진은 짜증 난 목소리로 전화를 받았다.

"자꾸 왜?"

"철수 놈은?"

"안 들어왔어."

"예지랑 민기는?"

"몰라. 다들 어디 나갔어."

"철수랑 같이 있는 건 아니지?"

"당신이 직접 전화하면 되잖아!"

"이것들이 내 전화를 안 받아서 그러지!"

"자기들 일 보느라 바쁜 거겠지."

두일이 한숨을 내쉬었다.

"됐고. 이따 올 때 개 사료나 사 와."

안 그래도 철수 때문에 온통 신경이 곤두선 마당에 개 사료라니. 더는 화를 참을 수 없었다.

"그걸 내가 왜 사가?"

두일은 전화를 팍 끊고 자기 자리에 앉았다. 그때 택배 기사가 들어와서 성현에게 택배 상자를 전달했다.

"그거 뭐냐?"

"요즘 세상이 하도 흉흉해서 이런 게 인기라네요. 저도 여자 친구한테 하나 선물하려고요."

성현은 상자를 보여줬다. 그 안에는 핑크색 호신용 전기충격기가 들어 있었다. 두일은 그것을 유심히 바라보았다.

점심 식사 시간이 되자 부서 형사들이 하나둘씩 밖으로 나갔다. 성현 역시 자리에서 일어났다.

"점심 안 드세요?"

"난 잠깐 집에 좀 다녀오려고."

성현까지 나가자 부서에는 두일 혼자 남았다. 두일은 성현의 택배 상자에 든 호신용 전기충격기를 보고 생각에 잠겼다.

예보에 없던 소나기가 쏟아졌다. 갑작스러운 비에 대부분 속수무책이었다. 옷이 흠뻑 젖은 사람들은 불만을 토로했다.

예지는 아무도 없는 성당에 들어왔다. 역시 비를 흠뻑 맞은 채였다. 하지만 지금 예지에게는 그런 것에 신경 쓸 겨를이 없었다. 예지는 빗물을 대충 털어내고 고해실로 들어갔다. 잠시 후 강 신부가 고해실로 들어와서 맞은편에 앉았다. 예지는 무릎을 꿇고 성호를 그으며 고해성사했다.

"성부와 성자와 성령의 이름으로, 아멘."

"하느님의 자비와 은총을 굳게 믿으며 그동안 지은 죄를 뉘우치고 사실대로 고백하십시오."

"아멘. 고백한 지 좀 오래되었네요. 신부님 실은 제가 감당하기에 너무 큰일이 있어서요…."

예지는 한숨을 내쉬었다.

"강 신부님께서는 바티칸에서 유학하셨으니 분명 제 고민에 답을 주실 거예요."

"바티칸이 모든 답을 주는 것은 아닙니다. 전 단지 그분의 말씀을 전할 뿐이지요. 그래요. 무엇을 고백하려 하십니까?"

예지는 그러고도 꽤 뜸을 들이다가 입을 뗐다.

"저도 처음엔 믿기지 않았어요. 그런데 요즘 부쩍 아빠의 행동이 이상하긴 했어요."

예지는 다시금 한숨을 쉬고 고해성사를 이어 나갔다.

"제 친구 제니 아빠도 한국에 혼자 있으면서 바람을 피웠거든요. 그래서 저희 아빠도 아마 바람을 피우는 게 아닐까 의심했어요."

"의심은 상대에 대한 믿음이 부족하다는 증거입니다."

"그런데 저희 아빠가요. 아빠가…."

예지는 계속 말을 잇지 못하다가 마침내 결심했는지 입을 열었다.

"저희 아빠가… 남자를 좋아하는 거 같아요."

"네?"

강 신부도 충격에 입을 다물지 못했다. 때마침 성당 스테인드글라스 너머로 번개가 번쩍 내려쳤다. 뒤이어 우르릉 쾅쾅 하고 천둥소리가 들렸다.

"방학이 돼서 한국에 들어와 보니까 아빠가 웬 젊은 남자랑 같이 집에서 살고 있는 거예요."

"서, 설마요. 너무 성급한 판단을 하는 건 아니신지…."

예지가 강 신부에게 핸드폰을 보여주었다. 핸드폰에는 두 일의 전신 나체 사진이 있었다. 그나마 주요 부위는 캐릭터 이모티콘으로 가려져 있었다. 두일의 나체 사진을 본 강 신부는 할 말을 잃었다.

"그 남자가 아빠한테 보낸 카톡을 우연히 보게 됐어요. 거기엔 그 남자가 찍은 아빠 사진이 있었고요. 그런데도 과연 성급한 판단일까요?"

강 신부가 연신 헛기침을 했다. 동성애 고백은 이제 낯설지 않지만, 두 아이의 아빠가 그렇다는 것은 분명 문제가 달랐다. 고심하던 그는 마침내 입을 열었다.

"보고도 못 본 척해주는 게 가족으로서의 예의일 수도 있습니다. …그렇지 않을까요?"

강 신부의 말은 뒤로 갈수록 자신감이 없어졌다. 예지는 한숨을 내쉬었다.

어느덧 소나기가 그쳤다. 아파트 현관 앞으로 두일의 차가 도착했다. 두일이 운전석 창문을 내리자 수진이 팔짱을 낀 채 물었다.

"왜 자꾸 전화질이야?"

"철수 놈은?"

"아침부터 철수 철수 철수. 철수 삼촌이 뭐 당신 애인이라도 돼?"

두일은 들은 척도 하지 않고 수진에게 종이 가방 하나를 건넸다. 수진의 얼굴에 홍조가 피었다.

"이게 뭐야?"

"요즘 이게 선물로 인기래."

선물이라는 말에 수진의 표정이 환하게 바뀌었다.

"진작 말하지 그랬어. 사람 괜히 무안하게."

수진은 갑작스러운 선물에 들떠 보였다. 남편이 주는 선물은 정말 오랜만이었다. 잔뜩 기대하며 종이 가방에 있는 상자를 꺼냈다. 예상대로라면 자신이 바라는 로고가 그려져 있어야 했다. 면세점에서 구경만 하고 나와야 했던 그 많은 매장의 로고 중 하나쯤은. 하지만 아무것도 그려져 있지 않은 상자 케이스에서는 불길함이 느껴졌다. 그래도 혹시나 하는 마음에 물어보았다.

"어떤 거야?"

"직접 확인해봐, 요즘 진짜 필요한 거래."

수진이 케이스를 열자 분홍색 물체가 보였다.

"이게… 뭐야?"

"호신용 전기충격기야."

수진은 잠시 말을 잃었다. 어이가 없었다. 이제까지 마음 한쪽 구석에 꾹꾹 눌러왔던 분노가 폭발했다.

"이 인간이 진짜! 기껏 준다는 선물이 이딴 거야?"

"요즘 이 일대에 미친놈이 돌아다닌단 말이야."

두일은 차마 그 미친놈과 한 지붕 아래에서 살고 있다고는 말할 수 없었다.

"어휴 이 인간아. 그래, 기대한 내가 바보지."

수진은 차 안으로 상자를 집어 던지고 집으로 들어갔다.

"예지 엄마! 수진아!"

두일이 아무리 불러도 수진은 뒤도 돌아보지 않았다. 두일은 저 마음도 몰라주는 그녀가 야속했다.

모두가 잠든 조용한 밤. 전등이 모두 꺼진 거실에는 정적이 흘렀다. 예지가 두 눈을 감은 채 방에서 나와 몽유병 환자처럼 거실을 이리저리 돌아다녔다. 거실을 몇 바퀴 돌더니 부엌으로 방향을 틀어서 냉장고 문 앞에 도착했다. 그러곤 생수병을 꺼내서 고개를 뒤로 젖힌 채 병 채로 물을 마셨다.

띠리링

도어락 소리였다. 누군가 집 문을 연 것이다. 예지가 고개를 옆으로 빼서 현관문을 바라보았지만 아무도 없었다. 그저 잠금장치가 돌아가며 문이 잠기는 소리만 들렸다. 누군가, 아니 철수가 나간 게 분명했다.

"이 야밤에 어디 가세요?"

철수는 예상치 못한 말소리에 뒤돌았다. 잠옷 차림의 예지를 보니 벌써 골치가 아팠다.

"일하러."

"고시 준비 중이라면서요?"

"들어가서 잠이나 자."

철수는 가던 길을 다시 걸어갔다. 물론 예지는 들어가지 않았다.

"어디 가는지 말해줄 때까지 따라갈 거예요."

자리에 멈춰선 철수가 뒤돌아보았다. 철수의 입가에 미소가 그려졌다. 그러다 대번에 미소를 지우고 예지의 코앞까지 다가갔다.

"내가 뭘 하는지 궁금해?"

"네."

철수는 예지의 귀에 대고 말했다.

"나 사실 연쇄살인범이야."

예지는 대꾸 없이 철수를 바라보았다. 철수는 그런 예지를 보고 웃음 지었다. 그때였다.

"얍!"

퍽!

예지는 기합을 내지르며 철수의 얼굴을 발로 후려 찼다. 피할 새도 없이 정통으로 발차기를 맞은 철수는 코를 붙잡고 아파했다.

"뭐, 뭐야? 너 깡패야? 가만히 있는 사람을 왜 때려?"

예지는 어이없다는 듯 물었다.

"연쇄살인범이 그깟 발차기 하나 못 피해요?"

그때 철수의 코에서 피가 흘러나왔다.

"어머!"

이번엔 예지가 당황했다. 철수도 손에 묻은 피를 보고 표정이 일그러졌다.

"피? 이 씨!"

철수는 놀이터 벤치에 앉아서 코피를 지혈했다. 예지는 그 옆에서 걱정스러운 표정으로 바라보았다.

"괜찮으세요?"

철수가 흘겨보았다.

"넌 이게 괜찮아 보여? 들어가서 잠이나 자래도."

예지는 아무 말도 하지 못했다.

"무슨 여자애 발차기가 그렇게 막돼먹었어?"

"죄송해요. 실은 제가 학교에서 태권도 대표거든요. 저도 모르게 가끔 말보다 발이 먼저 나가요."

철수는 고개를 저었다. 콧구멍에 막아둔 휴지를 빼내어서 잘 보라는 듯 예지 앞에다가 흔들었다. 예지는 무안함에 항변

했다.

"그래도 전 잘못 없어요. 철수 삼촌이 먼저 연쇄살인범이니 뭐니 이상한 소리 했잖아요."

"나 진짜 연쇄살인범이야."

예지가 한숨을 내쉬었다.

"요즘 연쇄살인범은 여고생한테 맞고 다녀요?"

철수는 대꾸 대신 핸드폰 검색을 시작했다. 그러곤 금방 원하는 것을 찾았는지 예지에게 자랑하듯 보여줬다.

"이거 내가 한 거야."

핸드폰 화면에는 최근 발생한 살인 사건 기사가 떠 있었다. 예지는 그것을 유심히 바라보았다.

한밤의 지구대는 한적했다. 그 한적함은 남녀 한 쌍이 들어오면서 깨졌다. 민원 데스크의 순경은 야밤에 또 올 것이 왔다 싶었다. 이 시간에 지구대를 찾는 남녀의 사정은 대개 뻔했다. 순경은 먼저 골치가 아파 오기 시작했다.

"무슨 일로 오셨습니까?"

여자가 남자를 손가락으로 가리키면서 말했다.

"이 사람이 자기 입으로 연쇄살인범이라고 하길래 데려왔거든요."

순경은 남자를 멍하니 봤다. 그리고 고개를 돌려 여자를 바라봤다. 이제는 별 장난질을 다 하는구나 싶었다.

"여기 장난치는 데 아닙니다. 공무집행방해죄 적용할 수도 있어요."

"풉."

그 말에 남자가 새어 나오는 웃음을 참지 못했다. 순경은 내심 화가 끓었지만 티 내지 않았다.

"거기, 지금 상황이 웃겨요?"

뒤에서 지구대장이 걸어오며 말했다.

"무슨 일이야?"

"이 사람들이 지금 장난 신고를 하지 말입니다."

지구대장이 혀를 찼다.

"하여간 요즘 애들 법 무서운 줄을 모른단 말이야. 괜히 또 밖에서 말썽 피울 수 있으니까 조사 명목으로 붙들어놔."

"네."

철수와 예지는 지구대 한쪽 구석의 대기 의자에 앉았다. 예지가 철수를 바라보았다.

"삼촌. 뭐 하나만 물어봐도 돼요?"

"뭔데?"

또 쓸데없는 질문일 게 뻔했다. 철수가 심드렁하게 답했다.

"삼촌 우리 아빠랑 사귀어요?"

"뭐?"

철수는 생각지도 못한 질문에 혼이 달아났다.

"삼촌 우리 아빠랑 잤죠?"

"그게 무슨 말 같지도 않은 소리야?"

"얼마나 됐어요?"

예지의 물음에 철수의 목소리가 전에 없이 높아졌다.

"거기 좀 조용하세요!"

소란이 일자 순경이 짜증 냈다. 철수와 예지가 입을 다물었다. 예지는 바닥을 바라보며 소곤거렸다.

"삼촌. 뭐 하나만 더 물어볼게요."

"뭔가 오해가 있는 모양인데, 네가 생각하는 그런 거 절대로 아니야."

이건 정말 아니었다. 철수가 살면서 만난 가장 무서운 상대는 바로 말이 통하지 않는 사람들이었다. 지금 눈앞의 상대가 딱 그 꼴이었다.

"삼촌."

"묻지 마."

"삼촌."

철수가 눈을 감고 팔짱을 끼며 나직이 말했다.

"묻지 말라고."

"가족 모두 짜증 내면 어떡해요?"

다시 생각지도 못한 질문에 철수가 고개를 돌려 예지를 쳐다봤다.

"뭐?"

"캐나다 생활은 힘들고 질려요. 그렇다고 다른 걸 하자니 제가 뭘 좋아하는지, 뭘 잘할 수 있는지도 모르겠는데… 그래서 터 놓고 이야기 좀 하고 싶은데."

"응, 그런데?"

"아빤 하고 싶은 말만 하고, 엄만 공부하란 말만 하고, 동생은 아무 말도 안 해요."

"…."

"이런 이야기를 꺼낼 수도 없어요."

"그럴수록 가족끼리 이야기를 더 많이 해야지."

예지가 한숨을 내쉬었다.

"삼촌은 그런 뻔한 말밖에 못 해요?"

예지의 말에 철수는 자세를 바꾸어 앉았다.

"난 어렸을 때 아무도 없는 집에 들어가는 게 싫었어. 그런데 그보다 더 비참했을 때가 언제였는지 알아?"

"언제였는데요?"

철수는 한숨을 내쉬며 고개를 가로저었다.

"후… 아니다."

예지 역시 한숨을 내쉬며 말했다.

"철수 삼촌도 어쩔 수 없는 꼰대네요."

예지의 말에 또다시 자극받은 철수의 한쪽 얼굴이 꿈틀거렸다. 그때 갑자기 머리 위에 있던 형광등이 깜빡거리기 시작했다. 철수가 입을 열었다.

"너, 사람 죽일 때 느낌이 어떤지 알아?"

"네?"

예지는 어리둥절한 표정이었다. 반면 철수의 얼굴은 싸늘했다. 등이 꺼질 땐 얼굴이 어둠 속에 가려져 있다가 등이 켜지면 다시 비쳤다. 분위기가 급속도로 얼어붙었다.

"주변의 어떤 소리도 들리지 않고 모든 감각과 신경이 그 행위 하나에만 온통 쏠려. 흥분과 쾌감은 최고조에 이르면서 말이야."

예지는 넋이 나간 채 철수의 말을 들었다.

"모든 털이 곤두서면서 온몸에 전기가 통해. 그 느낌은 한 번 맛보면 절대 잊지 못해. 그래서 살인을 멈출 수 없는 거야."

예지는 왠지 모를 한기를 느끼며 마른침을 삼켰다. 머리 위에서 깜빡이던 형광등은 다시 정상으로 돌아왔다.

"너도 그런 일을 한번 찾아봐. 아무 도움 없이, 너 스스로."

철수의 말을 듣고 예지는 생각에 잠겼다.

아침이 되자 지구대 창문으로 햇살이 비쳤다. 한 남자가 헐레벌떡 급히 지구대로 들어와서 민원 데스크로 향했다.

"수고하십니다. 이예지 학생 보호잡니다."

순경은 아무 말 없이 손가락으로 대기 의자를 가리켰다. 예지는 벤치에 일자로 드러누워서 자고 있었다. 그 옆 벤치에는 취객 하나가 예지와 똑같은 자세로 자고 있었다. 두일은 한숨을 내쉬었다.

"일어나."

그러나 예지는 잠에서 깨지 않았다. 무슨 꿈을 꾸는지 입술을 조금씩 앞으로 내밀고 있었다. 두일은 예지의 입술을 쭉 잡아당겼다.

"일어나!"

예지가 아파하며 잠에서 깼다.

"뭐야?"

잠에서 깬 예지는 주위를 둘러보았다. 같이 있던 철수는 어디로 갔는지 보이지 않았다. 예지가 순경에게 물었다.

"아저씨, 어제 여기 같이 있던 사람 어디 갔어요?"

"보호자 연락처 남기고 먼저 갑니다. 정말 훌륭한 애인 두셨습니다."

두일은 순경의 말에 깜짝 놀랐다.

"애인? 너 밤새 누구랑 있었어?"

예지는 아무 대답도 하지 않았다.

"설마 철수? 그놈이야?"

"아 몰라!"

예지는 얼굴을 잔뜩 찌푸리고 지구대 밖으로 나갔다.

"예지야!"

두일 역시 따라가려 했으나 주머니의 핸드폰이 울렸다.

"어. 영호 형 왜?"

"너 지금 어디야?"

"왜? 나 지금 좀…."

"지금 당장 튀어 와."

영호의 목소리만 들어도 알 수 있었다. 보통 일이 아니었다.

"지금? 알았어. 금방 갈게."

두일은 전화를 끊고 예지의 뒤를 쫓았다.

"이예지!"

순경은 고개를 가로저었다.

민기와 동네 아이들은 강력팀 부서로 들어왔다. 민기는 아빠가 없는 것을 확인했다.

"안녕하세요."

성현이 민기와 아이들을 발견했다.

"어 민기야. 여긴 웬일이야?"

"친구들 방학 숙제로 직업 진로 체험 학습 왔어요."

"그래, 잘 왔어."

성현 역시 맞은편에 두일이 없는 것을 확인했다. 그의 업무 책상 위에는 가족사진이 놓여 있었다. 민기는 그것을 보았다.

"선배님은 어디 가셨나? 따라 와. 아저씨가 내부 견학시켜 줄게."

"네."

성현이 자리에서 일어나자 민기와 아이들이 그의 뒤를 따라 나갔다.

민기와 아이들은 성현의 안내로 경찰서 내부를 견학했다. 아이들은 성현의 안내에 관심을 갖는 척했다. 잠시 후 저 멀리 사건 기록 자료실이 보이자 민기가 승우에게 눈짓했다. 승우가 고개를 끄덕이더니 성현에게 다가갔다.

"아저씨. 저 화장실 좀 다녀올게요."

"그래."

민기가 등 뒤로 핸드폰을 건네자 승우는 그것을 들고 화장실로 들어갔다.

성현과 아이들은 사건 기록 자료실로 들어왔다.

"여긴 사건 기록 자료실인데, 이제까지 이 구역에서 발생한 사건 기록들이 전부 보관돼 있어."

사건 기록 자료실에는 수많은 자료가 보관돼 있었다. 그때 핸드폰 벨이 울리자 성현이 전화를 받았다.

"네, 팀장님. 지금 바로 가겠습니다."

성현이 전화를 끊고 아이들을 바라보았다.

"애들아 그만 나가자."

"네."

성현과 아이들이 사건 기록 자료실에서 나왔다. 마지막으로 나오던 민기가 문이 닫히는 것을 보고 래치, 즉 걸쇠 사이에 교통 카드를 몰래 끼워 넣었다. 그러자 문은 완전히 닫히지 않았다. 성현은 사건 기록 자료실 맞은편에 있는 휴게실을 가리키며 말했다.

"아저씨 잠깐 부서에 갔다 올 테니까 저기서 잠깐만 기다리고 있어."

"네."

화장실에서 나온 승우가 민기에게 핸드폰을 건넸다.

"시킨 대로 했어."

"잘했어."

민기는 사건 기록 자료실의 손잡이를 돌려서 걸쇠 사이에 끼워져 있던 교통 카드를 빼냈다. 민기와 아이들은 문을 열고 사건 기록 자료실로 들어갔다. 사건 기록 자료실로 들어온 민기가 아이들을 향해 뒤돌아보았다.

"이제부터 우린 이 동네에서 발생한 연쇄살인 사건의 기록을 찾아야 돼."

민기의 지시에 아이들은 고개를 끄덕이더니 일제히 사건 파일을 찾기 시작했다.

두일은 영호와 경찰서 인근 식당에서 이른 점심을 먹었다. 영호가 종업원 아주머니에게 손을 들었다.

"아줌마. 여기 소주 한 병이요."

아직 11시도 안 된 시간이었다. 두일은 영호답지 않은 행동에 놀랐다.

“이 시간에? 무슨 일이에요?”

“두일아.”

“네, 팀장님.”

“…”

“형, 진짜 무슨 일이야?”

“…”

영호는 아무 말이 없었다. 곧 안주도 없이 소주가 먼저 나왔다. 영호가 두일의 잔에 술을 따랐다. 그러곤 곧이어 자신의 잔에도 술을 따랐다. 둘이 술을 비우자, 영호가 서류 봉투 한 개를 두일에게 건넸다. 두일은 무슨 일인가 싶었다.

“뭡니까?”

봉투 속의 서류 맨 윗줄에는 〈20××년 형제 ××호〉라 적혀 있었다. 10년 전 미제 연쇄살인 사건 기록의 사본이었다. 두일은 단번에 알아보고 긴장했지만, 모르는 척하며 물었다.

“갑자기 이걸 왜?”

“교수님께 자료 들고 가서 조언 듣고, 빠삭하게 분석해둬.”

“제가요…?”

아주머니가 와서 국밥 두 그릇을 내려놓고 갔다. 영호가 다시 자작하고서 바로 잔을 비웠다. 두일은 그런 영호를 가만히 바라봤다. 영호는 이어서 주머니에서 주섬주섬하더니 뭔가를 꺼냈다. USB였다. 그걸 몇 번 꼼지락대더니 두일에게 건넸다.

"이건 또 뭡니까?"

"두일아."

"아 형, 진짜 답답하게 왜 그래?"

참다못한 두일이 짜증을 내려 했다.

"조춘식 살해 현장 근처에서 나온 CCTV 영상이다."

툭!

두일이 손에 쥐고 있던 수저를 떨어뜨렸다. USB를 건넨 영호는 두일과 시선을 마주치지 않았다. 국밥만 바라보며 수저를 뒤적였다. 한참의 정적이 흘렀다.

"원본이야. 넌 제수씨랑 애들만 신경 써."

두일은 그저 고개만 끄덕였다.

민기와 아이들은 사건 기록 자료실에서 사건 파일을 찾느라 정신이 없었다.

"찾았다!"

경찬의 말에 아이들이 몰려들었다. 민기는 사건 기록 자료실로 다시 들어오기가 쉽지 않다는 것을 알고 있었기에 핸드폰으로 사건 자료들을 자세히 찍어두었다. 사진을 다 찍자 10년 전 두 사건과 최근 춘식의 살인 사건에 대한 자료를 나란히 펼쳤다.

"잘 봐."

민기는 시신의 손목에 묶인 매듭을 가리켰다.

"10년 전 두 사건이랑 이번 사건은 매듭 묶는 방식이 달라."

아이들은 시신의 손목에 묶인 매듭 모양을 유심히 바라보았다. 승우가 두 사건의 매듭 모양이 다른 것을 보고 놀랐다.

"어? 진짜네?"

"10년 전 두 사건은 시트 매듭 방식이고, 이번 사건은 스퀘어 매듭 방식이야."

민기가 자세한 설명을 이었다.

"매듭 묶는 방식은 생각보다 많아. 용도에 따라 다르게 쓰이는데, 지금 보는 스퀘어 매듭은 간단히 만들 수 있고 매듭 짓기 편리해 자주 써. 대신 두 줄 중 어느 한쪽이 굵거나 얇으면 쉽게 풀려. 시트 매듭은 스퀘어 매듭처럼 두 줄을 이을 때 많이 사용하는데, 스퀘어 매듭보다 더 단단해. 또 두 줄의 굵기가 다를 때에도 쓸 수 있어."

아이들은 민기의 설명에 놀랐다.

"우와 민기 넌 어떻게 그렇게 잘 알아?"

경찬의 물음에 민기의 어깨가 자연스레 올라갔다.

"CSI만 봐도 이 정도야 기본이지."

민기는 평소에 수사 드라마라면 한 편도 빠지지 않고 꼬박꼬박 챙겨봤다. 더불어 다른 친구들이 게임 영상을 볼 때, 매듭법을 비롯한 수사 기법 영상을 찾아보는 게 민기의 취미이기도 했다.

"그런데, 매듭이 왜?"

승우의 물음에 민기가 마저 설명했다.

"매듭 묶는 방식이 다르다는 건 10년 전 사건의 범인이랑 이번 사건의 범인이 다른 인물이라는 거야. 한마디로 누군가가 10년 전 사건을 따라 한 거지."

이번에는 경찬이 물었다.

"그건 왜 따라 한 거야?"

"그건… 그건 나도 몰라. 지금부터 우리가 알아봐야지."

민기의 대답에 아이들은 약간 김이 빠진 표정을 지었다. 그때 핸드폰 벨이 울렸다. 지훈의 전화였다. 그는 복도 코너에서 망을 보고 있었다.

"온다!"

지훈의 말에 민기가 급히 전화를 끊었다. 아이들 모두 재빨리 사건 파일들을 정리하기 시작했다.

성현이 복도 코너를 돌아서 일전의 휴게실에 도착했을 때, 아이들은 휴게실 소파에 앉아서 저들끼리 잘 놀고 있었다.

"애들아 그만 가자."

"네."

아이들은 성현을 따라 휴게실에서 나갔다.

두일은 10년 전 미제 연쇄살인 사건 기록의 사본을 들고 범죄심리학과 교수인 학규의 연구실로 찾아갔다. 학규는 과거 경찰청에서 범죄심리분석관으로 근무하며 두일과 안면을 텄다. 그는 현재 일선에서 물러나 학생들을 가르치며 경찰 외부 자문위원으로 활동하고 있었다.

학규는 서류를 유심히 살펴보았다. 두일은 그의 맞은편에 앉아서 가만히 있었다. 학규가 심각한 얼굴로 서류를 한참 집중해서 보자 두일은 긴장할 수밖에 없었다. 초조하게 기다리고 있던 그때, 학규가 손에 들고 있던 사건 자료들을 내려놓았다. 그는 안경을 벗고 날카로운 눈빛으로 두일을 바라보았다.

"대개 연쇄살인범은 범행 이후 휴지기라는 정지 시기를 갖습니다. 하지만 범죄가 진행될수록 연쇄살인범의 충동은 점점 더 강해지고, 동시에 휴지기는 점점 짧아지죠."

두일은 연신 고개를 끄덕였다.

"그런데 10년 전 자취를 감춘 이 인물은 조금 이상하군요. 10년 동안 살인을 저지르지 않았다면, 그사이에 욕구는 어떻게 해소해왔을까요?"

잠시 말을 멈춘 그는 심각한 표정이었다.

"조심하세요, 형사님. 이 인물은 굉장히 위험합니다."

학규의 경고에 두일은 그저 침만 삼켰다.

추적

학규의 프로파일링으로 철수의 위험성을 새삼 깨달은 두일은 그를 이대로 가만히 놔둘 수 없다고 생각했다. 그런 동시에 철수의 신체적, 지적 능력이 자신보다 한참 위이기 때문에 당장 어떻게 할 수 있는 게 없단 것도 알았다. 무엇보다도 직접적인 증거가 없었다. 상대가 자신의 약점을 쥔 것처럼 두일도 그를 꼼짝하지 못하게 만들 뭔가가 필요했다.

그때 매일 밤 그가 어디론가 사라진다는 점이 머릿속을 스쳤다. 그 뒤를 밟으면 뭔가 단서가 나오지 않을까…. 적어도 그가 매일 밤 무슨 일을 벌이고 다니는지는 알 수 있을 것 같았다.

늦은 밤 외출복을 입은 두일은 철수가 집에서 나가기만을 기다렸다. 침대에서 자고 있던 수진은 부스럭거리는 소리에 잠에서 깼다. 두일은 엉덩이를 뒤로 빼고 안방 문틈을 통해 거실 밖을 내다보고 있었다.

"당신 거기서 뭐 해?"

수진은 잠에서 덜 깬 목소리로 물었다.

"신경 쓰지 말고 잠이나 자."

수진은 도저히 이해할 수 없다는 듯 고개를 가로저으며 다시 눈을 감았다.

그때 방에서 나온 철수가 현관문을 열고 집 밖으로 나갔다. 두일은 그것을 보고 안방에서 나온 동시에 예지도 방에서 나왔다. 두일과 마찬가지로 예지 역시 어색한 화장에 미니스커트를 입은 상태였다. 두일은 머리에서부터 발끝까지 예지를 훑어보았다.

"고등학생이 무슨 화장이야? 옷 꼴은 그게 뭐고?"

예지는 미니스커트를 입고 있었다.

"친구랑 약속 있어."

"이 시간에? 말도 안 돼! 집에 꼼짝 말고 있어!"

두일이 눈을 부라리면서 핀잔을 주자 예지는 입을 삐죽 내밀며 방으로 들어갔다. 고개를 가로젓던 두일은 급히 집 밖으로 뛰쳐나갔다.

아파트 현관으로 나온 두일은 주위를 둘러보며 철수를 찾았는데, 철수는 이미 저 멀리 아파트 단지 밖으로 나가고 있었다. 두일은 급히 그 뒤를 쫓아 달렸다.

철수가 아파트 단지 밖에서 택시를 타고 사라지자 두일 역시 급하게 택시를 불러 세웠다. 택시 뒷좌석에 올라타려고 하는 그때, 검은 양복을 입은 한 무리의 남성들이 나타나더니 두일을 에워쌌다.

"뭐, 뭐야?"

그들은 두일을 택시 밖으로 끌어냈다.

"늬들 뭐야? 이거 당장 안 놔? 나 경찰이야!"

두일이 소리쳤지만 그들은 아무 말도 하지 않고 두일을 택시에서 끌어내기만 했다. 그리고 남성 무리 중 한 명이 택시로 상체를 잠깐 밀어 넣었다.

"어이, 기사 양반. 번호판 찍어뒀어."

그러고서 손으로 입에 지퍼를 채우는 마냥 제스처를 취했다. 택시 기사는 겁에 질린 표정으로 그 제스처를 따라 했고, 그러자 그 남자가 턱짓으로 가도 좋다는 신호를 보내며 몸을 뺐다. 차 문이 닫기자 택시 기사는 도망치듯 차를 몰아갔다. 두일은 그들에게 끌려갔다.

인근 골목으로 끌려온 두일의 눈엔 낯설지 않은 얼굴이 보였다. 태곤이었다. 태곤의 부하들은 두일을 바닥에 내팽개쳤다. 두일은 바닥에 나뒹굴었지만 고통스러워할 새도 없었다.

으르렁…!

태곤은 바닥에 쓰러진 두일의 눈앞으로 핏불테리어를 들이밀었다. 핏불테리어가 눈앞에서 이빨을 드러내며 격렬하게 짖어대자 놀란 두일은 뒤로 물러나려고 했지만, 뒤는 막다른 벽이라 물러설 곳이 없었다. 잠시 후 태곤이 핏불테리어의 목줄을 채자 두일은 겨우 숨을 몰아쉬었다.

"사장님 사고당하신 날, 어디 있었어?"

태곤의 물음에 두일은 재빨리 머리를 굴렸다.

"서에 있었지."

"다음엔?"

"돈도 없는데 집에 가지 어디 가."

"바른 말 해라. 딱 너 보러 가실 차례였는데."

"진짜야, 이 새끼야!"

상대가 위축되면 더더욱 치고 들어오는 게 사채업자의 특성이었다. 이러나저러나 형삿밥만 10년 차인 두일은 차에서 끌려날 때부터 이렇게 될 거란 걸 직감했다. 이럴 때일수록 강하게 나가야 했다.

"근데 늬들 지금 뭐 하자는 거야? 경찰 납치하는 거야? 이 양아치 새끼들아! 콩밥 맛 좀 보고 싶어?"

두일의 허세에 태곤이 코웃음 쳤다.

"아이고, 경찰 나으리 납셨어요?"

태곤은 정색하더니 두일의 머리채를 붙잡고 거칠게 뒤로 잡아당겼다.

"지금 네가 여기 경찰로 온 거 같아? 경찰이면 빚 안 갚아도 되나? 너 지금 우리 고객님으로 여기 와 있는 거예요. 이 빚도 못 갚는 븅신 새끼야!"

어차피 장부는 철수의 손에 있었다. 그것 때문에 앓지 않아도 될 골머리를 이미 넘치도록 앓은 두일이었다. 이왕 이렇게 된 거, 이판사판이었다.

"빚? 내가 너희들한테 빚졌다는 증거 있어? 아니, 빚졌으면 이렇게 불법 연행해도 되나? 법대로 하자고!"

"이게 아직도 상황 파악이 안 되나?"

태곤이 또다시 두일의 눈앞으로 핏불테리어를 들이밀었다. 그런데 목줄에 힘이 빠지자 핏불테리어가 골목 밖으로 달려나갔다. 목줄을 붙잡고 있던 태곤도 핏불테리어의 힘에 골목 밖으로 끌려나갔다.

"야 이, 이 개새끼는 또 왜 이래?"

부하들이 태곤을 도와 목줄을 붙잡으려 했지만, 핏불테리어의 돌발적인 행동에 당황해 골목 밖으로 끌려갔다.

골목 밖으로 나온 핏불테리어는 길을 지나가던 젊은 여성의 다리에 달라붙더니, 이내 허리를 움직였다. 여성은 아연실색했다.

"꺅!"

핏불테리어는 여성에게서 도저히 떨어지지 않은 채 민망한 허리 놀림을 멈추지 않았다. 그러자 여성은 핸드백으로 태곤의 머리를 때렸다.

"빨리 떼어내라고요!"

"빨리 떼어내!"

태곤의 지시에 부하들이 핏불테리어를 떼어내려고 안간힘을 썼지만, 이미 열 오른 핏불테리어를 진정시키기란 여간 어려운 일이 아니었다. 두일은 그 틈에 슬그머니 사라졌다.

창살이 쳐진 창문을 통해 들어오는 달빛만이 어두운 방을 비추었다. 이 방으로 한 남자가 들어왔다. 철수였다. 철수는 책상 의자에 앉아 집중한 표정으로 핸드폰 화면을 골똘히 쳐다봤다. 화면에는 복잡한 차트가 붉고 푸른 막대를 그리며 등락을 거듭하고 있었다. 몇십 분이고 화면에 집중한 그는 곧 크게 한숨을 내쉬더니 안심하는 표정을 띠었다.

핸드폰 화면을 끄고 뒤로 덮어 책상에 두고서 오 분쯤 가만히 있었을까. 시간을 확인한 뒤 때가 됐다는 듯, 책상의 다른 서랍에서 연식이 오래된 라디오를 꺼내 재생 버튼을 눌렀다. 라디오에서는 사연을 읽는 여성 DJ의 나긋한 음성이 흘러나왔다.

"어렸을 적부터 한 가지 소원이 있었습니다. 특별한 건 아닌데요, 어린이날 가족과 함께 나들이 가는 친구들이 그렇게 부러울 수 없었습니다."

라디오 DJ는 잠시 호흡을 고르더니 사연을 계속 읽어나갔다.

"그런 제게 최근 새로운 가족이 생겼습니다. 이번 휴일이 어린이날은 아니지만 새로운 가족과 함께 나들이 갈 생각입니다…. 사연을 보내주신 김철수 님께는 가족끼리 나들이 잘 다녀오시라고 해피투어에서 제공하는 여행상품권을 선물로 드리겠습니다. 신청 곡은 '피노키오'의 주제가죠? 'When You wish Upon A Star', '별에게 소원을'입니다."

'별에게 소원을'이 재생됐다. When you wish upon a star(당신이 별에게 소원을 빌 때)… 노래의 멜로디가 퍼지며 철수는 눈을 감았다. …Anything your heart desires will come to you(당신이 원하는 건 무엇이든지 이루어질 거예요).

이 노래를 들을 때면 철수는 항상 고등학생 때의 기억이 떠올랐다. 그날은 크리스마스이브였다. 사람들은 캐럴이 울려 퍼지는 길거리를 걸으며 연인과 함께, 혹은 가족끼리 크리스마스 분위기를 즐겼다.

철수는 고개를 푹 숙인 채 길거리를 걸었다. 패밀리 레스토랑 유리창을 통해 화목하게 식사하는 중인 가족을 보며 철수는 자리에 멈추어 섰다. 그 가족의 얼굴에서는 웃음이 끊이질 않았다. 레스토랑의 호박색 조명은 식당 안의 사람들을 더욱 따뜻하게 비추는 것 같았다. 철수는 가로등이 비추는 길의 외각에서 관객처럼 그들을 보며 다시 천천히, 아주 천천히 걷기 시작했다.

집으로 들어온 철수는 현관에 서서 집을 바라보았다. 집 내부에는 정적이 흘렀다. 부엌으로 들어온 철수는 식탁에 앉아서 컵라면으로 끼니를 때웠다. 식사를 마치고 켠 TV에서는 성탄 특선으로 '피노키오'가 방영되었다. 전등도 켜지 않아 어두운 거실에서는 TV 화면과 음악만이 울려 퍼졌다. 그때의 나오던 음악이 바로 '피노키오'의 주제가 'When You wish

Upon A Star'였다.

음악이 끝나자 철수는 라디오 전원을 끄고 서랍 속에 집어 넣고 방에서 나갔다. 거실엔 전등이 모두 꺼져 있어서 주위는 분간이 가지 않을 정도로 어두웠다. 철수는 거실에 있는 한 방문을 열쇠로 열고 들어갔다. 그 방은 자그마한 빛도 들지 않는지 온전한 어둠에 잠겨 있었다. 그곳으로 들어간 철수의 자취 역시 어둠 속으로 녹아드는 듯했다.

쿵!

그 방문도 굳게 닫혔다.

별이 화창한 아침이었다. 두일은 화장실에서 씻고 나오는 철수 앞을 가로막아 섰다. 철수는 무슨 일이냐는 표정으로 바라보았다.

"어젯밤에 어디 갔다 왔어?"

철수는 아무 대답도 하지 않았다.

"사건 저지르고 뒷처리는 어떻게 했냐고!"

철수는 고개를 가로저으며 아침상을 차리고 있는 수진에게 다가가서 일손을 보탰다. 두일은 그 뒷모습을 노려보았다.

철수는 아침 식사를 마치고 소파에 앉아 쉬고 있는 가족 앞에 섰다. 모두 무슨 일이냐는 듯 궁금한 표정으로 철수를 바라보았다.

"제가 이번 주말에 가족 여행을 계획해봤는데요. 차 렌트에 펜션까지 예약해뒀는데, 다들 의견이 어떠신지 듣고 싶네요."

예지가 환호했다.

"좋아요!"

수진이 이어 대답했다.

"저도 괜찮아요."

민기는 대답 대신 고개를 끄덕였다. 푸들도 꼬리를 흔들면서 짖어댔다. 그러자 예지가 다시 말했다.

"뽀솜이도 좋대요!"

"뽀솜이는 또 누구야?"

"얘 이름이에요. 앞으로 뽀솜이라고 불러요."

두일은 이마에 손을 올린 채 아무 대답도 하지 않았다. 그러자 철수, 수진, 예지, 민기가 바라보았다. 두일은 분명 철수의 꿍꿍이가 있다고, 이번만큼은 반드시 막겠다고 결심했다.

"난 이번 주말엔 안 될 거 같은데?"

"그럼 아빠만 빠지면 되겠다."

"그래. 당신 일 있으면 굳이 안 가도 돼."

예지와 수진의 말에 민기 역시 고개를 끄덕였다. 두일은 예상 밖의 반응에 당황했다. 철수와 함께 가족 여행을 가면 안 됐지만, 어쩔 수 없다면 더더욱 만일을 대비해 자신이 빠지는 일은 있을 수 없었다. 두일은 한숨을 길게 내쉬고 마지못해 대답했다.

"가족 여행에 가장이 빠질 수 없지."

잠시 후 거실에는 두일과 철수 단둘만 남게 되었다.

"이건 또 무슨 꿍꿍이야?"

두일이 버럭 소리를 질렀다. 철수는 아무 대답도 하지 않고 그저 미소만 지으며 방으로 들어갔다.

아파트 현관에는 철수가 렌트한 승합차 한 대가 세워져 있었다. 철수와 두일의 가족은 승합차 트렁크에 짐을 실었다. 철수가 짐을 싣자 수진이 두일을 바라보았다.

"운전은 당신이 하지?"

"뭐?"

"철수 삼촌이 이거 전부 준비하느라 힘들었을 텐데 운전이라도 당신이 해."

"무슨 말이야? 한 살이라도 젊은 애가 해야지."

수진이 한숨을 내쉬었다.

"철수 삼촌은 우리 집 손님이잖아. 운전은 가장이 해야지."

"맞아."

예지가 맞장구를 쳤다. 민기도 고개를 끄덕이고 뽀솜이도 두일을 향해 짖어댔다. 할 말을 잃은 두일은 철수를 바라보았다. 그는 그저 웃음만 짓고 있었다.

결국 두일은 어쩔 수 없이 운전석에 앉았다. 예지가 블루투스 스피커로 신나는 음악을 틀었다. 뽀솜이가 박자에 맞춰 짖기 시작했다. 뒷좌석에서는 철수, 수진, 예지, 민기가 여행에 들떠서 저들끼리 신나게 놀았다. 두일은 백미러로 자신의 가족과 신나게 놀고 있는 철수를 노려보았다. 철수가 백미러로 두일과 눈이 마주치자 미소를 지었다.

"출발하시죠."

놀리는 것 같은 철수의 말투에 두일은 겨우 화를 참으며 가속 페달을 밟았다. 차량은 서서히 출발해서 아파트 단지 밖으로 나갔다.

고속도로 휴게소에서 두일은 양손 가득 먹거리를 든 채 힘겹게 가족을 뒤쫓았다. 가족은 아무것도 들고 있지 않았지만 두일은 입에 커피가 담긴 종이컵까지 물고 있었다.

"이 형사님."

"왜?"

철수의 부름에 두일은 반사적으로 말을 하려다 그만 입을 벌렸고, 물고 있던 커피가 두일의 바지에 전부 쏟아져 소변을 싼 것처럼 얼룩졌다. 수진이 한숨을 내쉬며 고개를 가로저었다.

"도대체가 제대로 하는 게 없어."

철수는 겨우 웃음을 참으며 커피를 쏟은 두일의 주요 부위를 휴지로 닦아주었다.

"이 형사님, 벌써부터 칠칠치 못하게 이러시면 어째요."

닦으면 닦을수록 얼룩은 더욱 번졌다.

"됐어!"

두일은 버럭 소리를 지르며 돌아섰다. 예지는 그런 철수와 두일을 알 수 없는 시선으로 바라보았다.

작은 소동이 있었지만 차는 펜션에 잘 도착했다. 펜션과 주변의 경치는 마치 건축물 화보처럼 이국적인 분위기를 풍겼고, 예지와 수진은 펜션을 보고 탄성을 터트렸다. 민기는 뽀솜이와 함께 잔디 마당으로 곧장 뛰어갔다. 마음이 복잡하던 두일도 막상 펜션과 경치를 보고서는 짜증이 누그러졌다.

"뭐, 나쁘진 않네."

펜션 잔디 마당에는 바비큐 그릴이 있었고, 아이들이 노는 동안 어른들은 고기 구울 준비를 했다. 조금 지나자 그릴에 불이 올라와 고기며 소시지 익는 냄새가 솔솔 풍겼다. 고기가 거의 다 익자 철수가 가위를 들었는데, 볕이 가위 날을 비춰 유난히 반짝거렸다. 두일은 철수의 손에서 황급히 가위를 빼앗았다.

"내가 할게."

그때 고기 기름이 숯에 떨어졌는지 연기가 크게 나며 두일의 얼굴로 솟았다. 두일은 철수가 한심하다는 듯 쳐다보는 것도 모른 채 연기가 매운지 연신 기침해대며 눈물을 흘렸다. 그때 예지가 핸드폰을 꺼냈다.

"우리 고기 먹기 전에 사진 하나 찍어요."

"그래. 콜록. 철수야, 콜록. 네가 좀 찍어라."

두일은 연기에 정신을 못 차리면서도 사진에 철수를 담지 않겠다는 일념 하나로 철수를 떼어놓으려 했다.

"그럴 필요 없어요."

예지가 셀카봉을 꺼냈다. 두일은 철수를 떼낼 변명거리가 더 떠오르지 않았다. 머뭇거리던 철수가 핸드폰 화면 프레임으로 조심스럽게 들어왔다. 철수는 어색한지 뻣뻣하게 서 있었다.

"자, 찍을게요. 하나, 둘, 셋!"

예지가 셋과 동시에 촬영 버튼을 눌렀다. 화면 속 철수의 얼굴에는 희미하게나마 미소가 그려져 있었다.

그 시각 태곤과 부하들은 아무도 없는 두일의 아파트로 들어왔다.

"샅샅이 뒤져."

태곤의 지시에 부하들은 집 안을 수색했다. 태곤은 소파에 다리를 꼬고 앉아서 손에서 잭나이프를 돌리며 무료함을 달랬다. 그가 앉아 있는 자리에서 거실 벽에 걸려 있는 두일의 가족사진이 정면으로 보였다.

잠시 후 집 안을 뒤지며 수색을 마친 부하 세 명이 각각 방에서 나오더니 태곤의 앞에 일렬로 섰다. 그들은 차례로 보고했다.

"없습니다. 실장님."

"안방에도 없습니다."

"애들 방에도 없었습니다."

자리에서 일어난 태곤은 이리저리 움직이면서 생각에 잠

졌다. 마땅한 생각이 떠오르지 않자 분노를 참지 못하고 손에 들고 있던 잭나이프를 두일의 가족사진 쪽으로 내던졌다.

"도대체 어디 있는 거야?"

잭나이프가 정확하게 사진 속 두일의 얼굴에 꽂혔다. 그때 핏불테리어가 베란다를 향해 짖어댔다. 부하 한 명이 베란다를 바라보았다. 그곳에는 애완견 집과 배변 패드가 놓여 있었다. 급히 베란다 문을 열자 핏불테리어가 그 안으로 달려들어 애완견 집에 머리를 처박고 무엇을 열심히 찾기 시작하자 태곤과 부하들은 숨죽여 기다렸다. 잠시 후 애완견 집에서 머리를 빼낸 핏불테리어의 입에는, 개껌이 물려 있었다. 핏불테리어는 여태와 달리 순한 양처럼 개껌을 씹기 바빴다. 태곤이 크게 한숨을 내쉬었다.

"저건 도대체 제대로 하는 게 뭐냐?"

"실장님. 이제 어떻게 하죠?"

태곤은 주위를 둘러보았다.

"뭔가 냄새가 나긴 나는데…."

부하도 고개를 끄덕였다.

철수는 펜션 마당에 놓인 피크닉 테이블을 닦고 정리했다. 그때 테이블 옆 쓰레기봉투 속에 버려진 약 봉투가 보였다. 여러 약의 설명이 쓰인 중에 'PROZAC 20mg'이라는 약물도 있었다. 철수는 주위를 둘러봤다. 예지와 민기는 마당에서 뽀솜이와 함께 공놀이를 하고, 수진은 벤치에서 멍하니 아이들을 바라보고 있었다. 두일은 어디 갔는지 보이지 않았다.

철수는 수진이 앉아 있는 벤치로 다가가서 옆자리에 앉자 수진이 미소를 지었다.

"고마워요, 철수 삼촌. 삼촌 덕에 오랜만에 가족 분위기도 나고."

철수 역시 미소를 지었다.

"철수 삼촌은 정말 화목한 가정에서 자랐나 봐. 이렇게 분위기도 바꿀 줄 알고 말이야."

철수의 얼굴에 씁쓸한 웃음이 잠시 스쳤다 사라졌다. 철수는 쓰레기봉투 속에서 발견한 봉투를 내밀었다.

"이거… 사모님 거 아닌가요?"

약봉지를 보고 놀란 수진은 황급히 철수의 손에서 그것을 낚아채어서 주머니 속에 감추었다.

"프로작…. 항우울제 맞죠?"

철수의 물음에 수진은 아무 대답도 하지 않았다. 잠시 후 그녀는 한숨을 길게 내쉬며 말했다.

"애들 어렸을 때 이후로 처음이에요. 이렇게 가족끼리 여행 온 거."

수진의 말에 철수는 놀란 표정이었다.

"가족끼리 여행 자주 안 다니세요?"

수진은 고개를 가로저었다.

"TV에서 멋진 곳이라도 나오면 언제 한번 가야겠다고 생각만 하지, 막상 가기는 쉽지 않잖아요."

철수는 천천히 고개를 끄덕였다. 잠시 후 수진이 다시 입을 열었다.

"그런데 한국에 들어와서 보니까 이런저런 생각이 많이 드네요. 애들은 말이 잘 통하는 여기에서 더 활발해 보이기도 하고. 또 그런 걸 볼 때면 나 혼자 조기 유학 해야 된다고 욕심 부렸나 싶기도 하고."

잠시 생각에 잠겨 있던 수진은 계속 말을 이었다.

"사실 애 아빠한테도 미안한 마음이 커요. 기러기 아빠 생활하느라 힘든 게 이만저만이 아닐 텐데."

대화가 끊기고 잠시 침묵이 흘렀다.

"그거 아세요? 기러기는 평생을 일부일처로 지내는 새래요. 부부애가 각별해서 짝을 잃어도 재혼하지 않고 새끼들을 극진히 돌보면서 키운대요."

수진은 그 말을 듣고 미소를 지었다.

"철수 삼촌이 그렇게 얘기해주니 조금은 위로가 되네요."

철수 역시 미소를 지었다.

철수와 수진이 이야기하는 모습은 거리를 두고 보면 참 다정해 보였는데, 하필이면 두일이 먼 곳에서 이 모습을 어깨가 처진 채로 바라보고 있었다. 두일은 이내 쓸쓸하게 펜션 뒤로 돌아가 담배를 물었다.

밤이 되자 철수는 홀로 펜션에서 나왔다. 잠이 오지 않는지 마당 벤치에 앉아서 눈 앞에 펼쳐진 풍경을 바라보았다. 멀리 떨어진 곳에는 작은 산이 있었고, 그 앞으로는 개천이 흐르고 있었으며, 그 주위에는 갈대숲이 자리하고 있었다. 교외라 그런지 밤하늘의 달과 별이 더욱 선명했고, 풀벌레 소리도 끊이지 않았다.

철수는 이토록 낯선 평화에 되레 불안을 느꼈다. 평온함 뒤에 밀려드는 정반대의 감정은 유달리 낙폭이 크다는 사실을 알고 있었다. 꿈이 행복할수록 깬 뒤의 허탈감이 큰 것처럼.

철수는 이 순간을 즐겨야겠다고 거듭 생각했지만, 마음 한편에서 자꾸만 엄습하는 불안감을 완전히 감출 수는 없었다.

두일은 사진사가 되어서 가족사진을 찍는 중이었다. 수진, 예지, 민기, 그리고 뽀솜이는 사진관 스튜디오 호리존 앞에 서 있었다. 주위에는 조명 기기들이 세팅돼 있었다. 두일은 카메라 뷰파인더에 상이 거꾸로 맺힌 가족을 보고 한 손을 들어 올려서 사진을 찍겠다는 신호를 보냈다.

"자, 찍겠습니다. 하나 둘."

셋과 함께 셔터를 누르려는데, 어디선가 철수가 나타나 수진의 어깨에 한쪽 팔을 걸치고 있었다. 그 손이 스멀스멀 몸을 타고 오르더니, 수진의 가슴 쪽으로 올라가는 중이었다.

"야 이 새끼야! 너 그 손 당장 안 치워?"

격노한 두일이 버럭 소리를 지르자, 예지가 철수에게 다가가 말했다.

"아빠, 나 저 아저씨 무서워."

두일은 무슨 소린가 싶어 혼이 나가는 것 같았다.

"예지야 무슨 말이야? 내가 아빠야!"

"아저씨, 빨리 사진이나 찍으세요."

수진 역시 두일을 아저씨라 부르며 사진이나 찍으라고 재촉했다. 자세히 보니 철수가 서 있는 자리는 거실에 걸린 가족사진 속 두일의 자리였다. 그것을 본 두일은 카메라를 뒤로 하고 가족을 향해 걸어갔는데, 그럴수록 가족은 더 멀어졌다. 두일은 걸음걸이를 빨리하다가 뛰어도 봤지만, 간격은 더욱 멀어질 따름이었다.

그때 영호와 같은 부서 동료들이 스튜디오로 들이닥쳤다. 영호가 두일에게 체포 영장을 내보였다.

"이두일! 너를 조춘식 살해 혐의로 체포한다!"

두일은 미란다 원칙을 읊는 영호를 보며 넋을 잃었다. 영호가 두일의 손을 뒤로 꺾어서 수갑을 채웠다. 그러는 동안 두일은 가족을 바라보며 억울하다는 듯 고개를 가로저었다. 그러나 수진, 예지, 민기는 경멸의 눈빛으로 그를 바라보았다.

"왜 그랬어."

영호의 말에 두일은 고개를 돌렸다. 영호의 얼굴은 어느새 피범벅이 된 춘식의 그것으로 변해 있었다. 춘식이 두일의 얼굴을 두 손으로 감쌌다.

"왜 그랬냐고!"

머리가 깨진 채로 피를 흘리며 고성까지 지르는 춘식의 모습은 기괴하기 짝이 없었다. 두일은 숨이 막혀서 자리에서 꼼짝도 할 수 없었다.

"아, 아니…."

두일은 고개를 가로저었다. 어느덧 코가 맞닿을 만큼 가까이 다가온 춘식은 두일을 바닥에 무릎 꿇게 만들어서 포대 자루를 덮어씌웠다. 10년 전 미제 연쇄살인 사건의 수법이었다.

"아니야!"

두일은 포대 자루 안에서 비명을 지르면서 몸부림을 치다가 '쿵'하며 떨어졌다. 두일은 침대 밑으로 굴러떨어지며 잠에서 깼다. 꿈에서 깬 상태였지만 여전히 방바닥에서 몸부림을 쳤다. 뒤늦게 정신을 차린 두일은 숨을 몰아쉬면서 주위를 둘러보았다. 스튜디오가 아니라 집 안방이었고, 포대 자루가 아니라 이불이었다. 안도의 숨을 내쉬던 그때 무슨 생각이 났는지 급히 거실로 뛰쳐나갔다.

소파에 앉아 TV를 보던 철수, 수진, 예지, 민기는 무슨 일이 냐는 듯 거실로 뛰쳐나온 두일을 바라보았다. 철수와 자신의 가족이 빤히 바라보자 두일은 아무 말도 하지 못했다. 그때 거실 벽에 걸려 있던 가족사진이 보이지 않는 것을 발견했다.

"여기 있던 거 어디 갔어?"

철수와 가족은 아무 대답도 하지 않았다.

"사진 어디 갔냐니까?"

두일이 소리를 지르자 수진은 얼굴을 찌푸렸다.

"아침부터 왜 큰소리야? 벽에서 떨어져서 베란다에 뒀어."

급히 베란다로 달려간 두일은 화분 뒤에 놓인 가족사진을 발견했다. 가족사진 속 두일의 얼굴에는 칼자국이 나 있었다. 두일은 분명 철수의 짓이라고 확신했다.

"이거 누가 이랬어?"

두일은 뒤돌아보며 철수를 노려보았다.

"도대체 왜 그래?"

두일은 수진의 물음을 무시하고 철수 앞으로 다가갔다.

"잠깐 밖에서 얘기 좀 하자."

철수가 현관문을 열고 집 밖으로 나오자 복도에서 담배를 피우고 있던 두일이 담뱃갑을 내밀었다.

"저 담배 안 피워요. 할 말이 뭐예요?"

"이제 할 만큼 했으니까 그만해라."

"네?"

"그만 집에서 나가 달라고. 돈은 어떻게든 마련해볼게."

철수는 어이없다는 듯 웃었다.

"무슨 말씀이세요? 저 돈 때문에 이러는 거 아니에요."

두일은 갑자기 고개를 푹 숙였다.

"진심으로 부탁한다. 좀, 제발 좀 나가줘."

두일이 고개를 조아리면서까지 부탁하자 철수는 고개를 가로젓더니 집으로 들어가려고 했다. 그때 두일이 소리쳤다.

"애 엄마랑 애들 눈치 보는 것만 해도 힘들어 죽겠는데, 왜 너까지 여기 붙어서 날 괴롭히는 건데?"

철수가 정말 왜 이러냐는 듯 두일을 바라봤다.

"여기서 이러는 거 너네 부모님은 아시냐? 가서 너네 가족이나 챙겨, 이 새끼야!"

그 말에 철수의 표정이 없어졌다. 감 없는 두일도 낌새를 알아차릴 정도였다.

"너 이 새끼, 가족 없지?"

두일이 넌지시 물어보았다. 철수는 역시 아무 말도 하지 않았다. 두일은 자신의 추측을 밀어붙였다.

"맞네. 그래서 우리 집에서 살겠다고 그런 거고?"

두일이 철수를 보며 비웃었다.

"그래서 뭐, 가족 놀이라도 하고 싶었나 봐?"

비아냥의 수위가 올라갔다.

"그런데 어쩌지? 니가 생각한 그런 드라마 같은 가족이 아니라서? 그러니까…."

"어이, 경찰 아저씨."

두일의 비아냥을 끊고 철수가 말했다.

"내 가족이 어떻게 됐는지 알고 싶어?"

그러고는 두일의 앞으로 다가가더니 어깨에 손을 올렸다.

"정말 그게 궁금해?"

그러고는 주저 없이 뒤돌아 집으로 들어갔다. 그 모습을 본 두일은 등골이 서늘해졌다. 분위기에 휩쓸려 잠시 잊고 있었다. 철수는 연쇄살인범이었다.

두일은 경찰서 피해자 보호 전담 부서 앞에 도착했다. 잠시 후 윤 경위가 문을 열고 밖으로 나왔다. 그는 두일에게 신변 보호용 스마트 워치를 건네며 물었다.

"신변 보호 할 사람이 누군데 그래?"

피해자 보호 전담 부서에서는 범죄 피해자의 신변을 보호하기 위해 스마트 워치를 제공한다. 위급 상황 시 버튼을 누르면 전담 경찰관에게 신고자의 위치가 표시되고, 그럼 바로 출동해서 피해자를 보호하는 시스템이다.

"걱정 마. 금방 돌려줄 테니까."

두일은 스마트 워치를 이리저리 살펴보았다.

"이거 위치 추적 확실하게 되는 거지?"

"핸드폰에 앱 깔고 그래야 하는데 할 줄 아냐?"

두일이 고개를 가로젓자 윤 경위가 한숨을 내쉬었다.

"핸드폰 줘봐."

밤이 되자 두일은 현관문을 열고 집에서 나왔다. 손에는 철수의 신발 한쪽과 스마트 워치를 들고 있었는데 스마트 워치의 시곗줄은 제거되고 시계 본체만 남아 있었다. 그때 복도 끝에 구두 수선공이 나타났다. 그는 장비가 든 가방을 들고 두일에게 다가왔다.

"이 형사님!"

두일이 조용하라는 듯 급히 검지를 입술에 가져다 대자 구두 수선공이 입을 다물었다. 두일은 손에 들고 있던 철수의 신발 한쪽과 스마트 워치를 내밀었다.

"이거 여기 안쪽에 감쪽같이 숨길 수 있지?"

"이 정도야 껌이죠."

구두 수선공은 대답과 달리 곧바로 작업을 시작하지 않고 가만히 서 있었다. 두일은 깜빡했다는 듯 지갑에서 오만원권 두 장을 꺼내서 내밀었다. 구두 수선공은 이를 드러내고 씨익 웃으며 자리에 앉아서 작업을 시작했다.

늦은 밤, 두일은 아파트 외부 주차장에 주차된 자신의 차 운전석에 앉아 있었다. 핸드폰을 꺼내서 윤 경위가 설치해 준 위치 추적 앱을 실행시키자 화면에 철수의 위치가 빨간색 점으로 표시되었다. 빨간색 점이 아파트 현관 부근에서 움직였다. 그때 철수가 아파트 현관 밖으로 나왔고, 두일은 급히 대시보드 아래로 몸을 낮추었다. 철수가 아파트 단지 밖에서 택시를 타고 어디론가 사라지자, 두일은 급히 차에 시동을 걸고 그의 뒤를 좇았다. 이번에는 그가 매일 밤 무슨 짓을 벌이는지 반드시 알아낼 작정이었다.

늦은 밤의 한산한 도로에서 택시를 뒤좇기란 그렇게 어렵지 않았다. 두일은 철수가 탄 택시를 뒤좇았다. 택시는 생각보다 가까운 곳에서 멈췄는데, 두일의 집에서 차로 이십 분이 걸리지 않는 거리였다. 철수는 택시에서 내리자마자 곧장 어디론가 향했다. 두일도 주차하고서 서둘러 그의 뒤를 좇았다.

두일은 어느 정도 거리를 두고 미행했다. 철수가 골목 코너를 돌아서 들어가자 두일 역시 골목 코너로 들어갔다. 골목 코너를 돌아서 나오는 그때 철수는 온데간데없이 사라져 보이지 않았다. 골목에는 인적이 없었다. 두일은 철수를 찾기 위해 주위를 이리저리 둘러봤지만 골목길이 여러 갈래로 나뉘어 어디로 가야 할지 갈피를 잡지 못했다. 앱에도 철수의 위치가 표시되지 않았다. 무슨 오류가 생겼는지 핸드폰을 껐다가 켜봐도 신호가 잡히지 않았다. 두일은 어쩔 수 없이 근방을 수색하며 사라진 철수를 찾으려 했다.

골목길을 두리번거리는 와중에 핸드폰에서 '뚜뚜' 알림음이 들렸다. 급히 화면을 보니 다시 철수의 위치가 표시돼 있었는데, 이전과 달리 한곳에 멈춰 있었다. 두일은 그곳을 향해 달려갔다.

철수의 위치가 표시된 곳에 다다른 두일은 담벼락 뒤에 몸을 숨겨서 그곳을 바라보았다. 골목 끝자락에 있는 평범한 주택이었다. 다만 전등이 모두 꺼져 있고, 주위에는 가로등 하나도 없어서 맨눈으로 주변을 식별하기 어려웠다. 집 마당에 자리한 거목의 가지가 바람에 흔들리면서 을씨년스러운 분위기를 더했다.

그때 갑자기 그 집의 대문이 열리면서 철수가 나왔다. 두일은 간발의 차로 몸을 숨기고 철수를 주시했다. 철수는 주위를 둘러보며 발을 빠르게 놀렸다. 두일은 철수의 뒤를 밟을지, 아니면 몰래 집으로 들어갈지 고민했다. 지금이라도 철수를 뒤쫓을 수는 있지만, 철수는 언제든 집에서 볼 수 있었다. 그렇다면 범행 단서를 찾아 집을 뒤져보는 쪽이 합리적이었다. 두일은 철수가 오랜 시간 머문 장소에서 범행 단서가 하나쯤은 나올 거라고 확신했다.

현관문 앞에 다다른 두일은 손잡이를 돌려보았다. 역시 문은 잠겨 있었다. 창문까지 전부 잠겨 있자 어쩔 수 없이 잠금장치가 있는 유리 부분을 깨뜨려서 그것을 풀고 집 안으로 들어갔다.

집 안의 전등은 모두 꺼져 있어서 한 치 앞도 보이지 않았다. 전등 스위치도 찾을 수 없을 만큼 어두웠다. 가까스로 현관 가까이에 있는 전등 스위치를 찾아냈지만, 전등은 작동하지 않았다.

결국 핸드폰 라이트를 비추면서 집 내부를 살피기 시작했다. 조용한 집 내부에서는 어떤 낌새도 느낄 수 없었다. 심지어 냉장고의 모터 소리조차 들리지 않았다. 두일은 한 발자국씩 조심스럽게 걸어갔다. 마룻바닥은 나무 재질이었기에 한 걸음씩 걸을 때마다 '끼익' 소리를 냈다.

두일은 어느 방문을 열고 그곳으로 들어갔다. 낡은 서랍이 하나 놓인 방이었는데, 서랍을 샅샅이 뒤져봐도 나온 것은 겨우 낡은 라디오 하나뿐이었다. 두일은 라디오를 켜봤는데, 라디오는 연식만 오래되었을 뿐 작동에는 아무런 문제가 없는 평범한 것이었다. 철수가 이곳에서 도대체 무엇을 하는지 별다른 단서를 찾을 수 없었다.

여기저기 뒤적였지만 아무런 단서도 찾지 못한 채 집 밖으로 나가려던 그때, 어디선가 괴성이 들려왔다. 두일은 그 소리를 듣고 자리에 멈췄다. 소리를 집중해서 들어보려 했으나 이내 끊겼다. 두일이 다시 집 밖으로 나가려는 그때, 똑같은 소리가 들렸다. 잘못 들은 게 아니었다. 분명 집 안에 뭔가가 있다고, 두일은 확신했다. 소리가 나는 진원지를 향해 천천히 발을 뗐다.

소리가 나는 곳을 찾던 그때 일전에는 잘 보이지도 않던 어느 방문 앞에 이르렀다. 방문에 귀를 갖다 대자 그 너머로 이상한 소리가 작게 들렸는데, 그 소리는 사람의 신음 혹은 짐승이 숨소리와 비슷했다. 두일은 그 소리를 듣고 깜짝 놀라 뒤로 몇 걸음 물러났다. 잠시 후 어느 정도 마음을 다잡고 다시 문 앞으로 다가가서 손잡이를 돌려보았다. 문은 굳게 잠겨 있어서 손잡이가 돌아가지 않았다.

두일은 주위를 둘러보고 문을 열 만한 것이 있는지 찾아보았다. 그러나 마땅한 것이 없었다. 그때 시야에 신발장이 들어왔다. 두일은 신발장 속에 뭐라도 있지 않을지 뒤져보았다. 다행히 신발장의 수납장에 철제 공구함이 있었는데, 막상 공구함 안에는 아무것도 들어있지 않았다. 실망한 두일은 어쩔 수 없이 공구함을 들고 방문 앞으로 되돌아가 문의 손잡이를 공구함으로 내려쳤다. 있는 힘을 다해 몇 번을 내려치자 문손잡이가 나가떨어졌다. 오래된 문은 '끼이익' 기분 나쁜 소리를 냈다.

천천히 문이 열리자 두일은 그곳을 바라보았다. 문 아래로는 계단이 있었다. 아마도 지하실로 향하는 계단 같았다. 물론 한 점의 불빛도 없어서 그 끝이 보이지 않았다. 핸드폰 라이트를 비춰 봤지만 제대로 보일 리 없었다. 두일은 미약한 라이트에 의지해서 한발 한발 조심스레 내려갔다.

몇 발자국이나 내려왔는지 헷갈릴 즘에 지하실의 끝이 보였다. 손으로 만져보니 금속으로 된 문이 있었고, 웬일인지 다행히 잠겨 있진 않았다. 문을 열고 조심스레 지하실로 들어가자 먼저 지독한 악취가 코를 찔렀다. 하지만 무슨 일이 있을지 몰라 가급적 티를 내지 않고 천천히 움직였다. 신경이 바짝 곤두섰다.

그때 어디선가 신음이 들려왔다. 두일이 핸드폰 라이트를 비추자 불빛 너머로 거무스름한 형태의 무언가가 보였다. 그것은 라이트를 피하려는 듯 움직였다. 온몸에 닭살이 돋은 두일은 두 팔로 방어 자세를 취하며 아주 천천히 다가갔다. 그러고서 라이트로 비춰보니, 산발한 머리에 수염이 덥수룩한

60대 노인이 있었다. 입에는 재갈이, 팔다리에는 쇠사슬이 묶인 채로. 깜짝 놀란 두일 급히 남성을 향해 달려갔다.

두일은 놀란 가슴을 진정시키고 침착하게 상황을 정리해봤다. 후미진 주택의 깊숙한 지하실에, 60대 노인이 재갈을 물고 쇠사슬에 묶여 있는 상황인 것이다. 들어오면서부터 나던 악취 역시 노인에게서 난 게 분명했다. 두일은 왜 이 노인이 지하실에 감금되어 있는지, 철수가 왜 아직 이 노인을 살려뒀는지, 철수의 목적이 무엇인지 동시다발적인 의문에 머리가 지끈거렸다.

하지만 당장은 눈앞의 노인을 구하는 게 급선무였다. 먼저 두일은 노인의 입에 물린 재갈을 풀었다. 그러자 그가 숨을 거칠게 토해냈다.

"괜찮으십니까, 어르신."

"어, 어서 좀 풀어주시오."

"잠시만 가만히 계세요."

두일이 쇠사슬을 풀려고 했지만, 자물쇠 때문에 쉽지 않았다. 지하실 위로 올라가서 공구함을 가지고 내려와서 그것을 있는 힘껏 내려치자 자물쇠가 떨어져 나갔다.

"이게 도대체 어떻게 된 겁니까?"

"웬 미친놈이 이렇게 묶어뒀지 않겠소?"

상황에 비해 지나치게 침착한 대답 같았지만 당장은 그게 중요한 게 아니었다. 두일은 노인을 부축하며 자리에서 일으켰다.

"빨리 가까운 지구대로 가셔서 신고하십쇼."

"고맙소. 그런데 여길 어떻게 알고."

"범인을 미행했습니다."

"범인이 누군지 아시오?"

노인의 물음에 두일은 어떻게 대답해야 할지 몰라 잠시 머뭇거렸다.

"일단 빨리 지구대로 가십쇼. 제가 범인을 쫓겠습니다."

"경찰이오?"

"네."

"아이고, 경찰… 경찰 선생님이셨군. 고맙소, 고맙소."

노인이 자리에서 일어나서 걸어가려고 했지만 다리에 힘이 풀렸는지 주저앉았다. 두일이 그를 부축했다. 그때 시야에 그의 상태가 선명하게 들어왔다. 노인은 눈의 초점이 어딘지 흐릿하고, 손톱은 모두 빠져서 검붉은 피로 굳어 있었다. 발톱의 사정도 크게 다르지 않아 보였다. 고문하듯 억지로 뽑아낸 게 분명했다. 두일은 핸드폰 라이트를 비춰서 노인의 상태를 자세히 살펴보았다. 살짝 벌어진 입에 비치는 모습을 보아 치아 역시 몇 개가 비어 있었다.

지하실 바닥에 라이트를 비추자 피와 손톱, 발톱과 이들이 지저분하게 흩뜨려져 있었다. 그 옆에는 장도리와 펜치, 드라이버와 니퍼, 가위 등이 놓여 있었다. 두일은 공구함에 연장이 없는 이유를 알게 되었다. 그 옆으로는 오물과 각종 더러운 것들이 치워지지 않은 상태 그대로 놓여 있었다.

'조심하세요, 형사님. 이 인물은 굉장히 위험합니다.' 두일은 학규의 조언을 떠올리며 경악을 금치 못했다. 그중 유독 눈에 띈 것은 바로 일회용 주사기와 약병들이었다. 노인의 눈이 흐릿하고 대답이 상황과 맞지 않은 게, 저 약물 때문이 아닌지 의심됐다. 당장 뭔지 알 수 없으니 우선 크기가 다른 것으로 두 병을 주워서 주머니 속에 쑤셔 넣고는, 노인을 부축해서 지하실 위로 올라갔다.

응급실 나이트를 보는 전공의 김원혁은 베테랑이다. 짬 찬 응급의학과 의사가 대부분 그렇듯, 김원혁 역시 인생에서 놀라는 법을 잊었다. 응급실에서는 온갖 유형의 인간을 보게 된다. 급성 알코올중독으로 실려 오는 환자는 발에 채이는 돌멩

이만큼이나 많고, 어깨나 다리에 칼을 꽂고 오는 조폭도 생각보다 드물지 않다. 그래도 갓난쟁이가 어디서 뭔가를 삼킨 채로 식도가 막히는 경우는 곤혹스럽긴 하다. 아기가 응급실이 떠나가라 울어대면 부모가 죽일 기세로 의사를 들볶기 때문이다. 물론 이 역시도 이제 놀랄 일은 아니다.

하지만 지금 문을 열고 들어오는 성인 둘을 보고는 표정을 찌푸리며 놀랄 수밖에 없었다. 중년 남성에게 부축받는 노인의 상태가 위급해 보였다. 몇 달은 묵은 듯한 악취에 표정이 절로 찌푸려졌는데, 손발이며 상태를 보면 이 악취가 중요한 게 아니었다. 앙상한 팔에 덜렁이듯 붙어 있는 손은 마디마디가 피로 칠갑을 한 상태였다. 심지어 신발도 신지 않고 있는데, 발의 상태도 손과 그리 다르지 않아 보였다. 거기에 위생 상태를 볼 때 2차 감염도 일어났을 가능성이 커 보였다. 중년 남성이 말했다.

"경찰입니다. 어르신 좀 부탁드리겠습니다. 긴급 상황이라 가능한 빨리 돌아오겠습니다."

중년 남성이 응급실에서 나가려던 그때 갑자기 생각난 듯, 주머니를 뒤적이며 뭔가를 꺼냈다.

"아, 이게 어떤 약들입니까?"

원혁은 약병의 라벨을 살폈다.

“메스칼린? 이거 환각성 알칼로이드인데…. 이걸 저 노인이 맞은 겁니까?”

이에 경찰이라는 중년 남성은 대답 대신 질문을 했다.

“환각성이요?”

“네. 아니, 지금….”

“그럼 이건요?”

중년 남성은 말을 자른 뒤 다른 병을 원혁에게 내밀었다. 그 기세에 눌린 원혁은 라벨을 볼 수밖에 없었다.

“이건… 루프롤라이드네요.”

“그건 또 뭐죠?”

“전립선암을 치료하기 위해 개발된 약물입니다.”

“전립선암이요?”

“네, 다만….”

“다만…?”

“전립선의 암세포만 죽이는 게 아니라 성욕도 감퇴시켜요. 그래서 보통 화학적 거세를 할 때 쓰입니다.”

중년 남성은 아무 말도 하지 못했다.

“무엇보다 메스칼린이랑 루프롤라이드, 이거 둘 다 쉽게 구할 수 있는 게 아니에요.”

“김철수, 이 악마 같은 새끼…!”

"네?"

"의사 선생님, 아무쪼록 어르신 좀 부탁드립니다."

원혁이 놀라든 말든, 중년 남성은 원혁의 손을 꼭 잡은 뒤 몸을 돌려 서둘러 응급실을 빠져나갔다. 응급실에서 경찰을 만나는 게 그리 드문 일은 아니지만, 이런 경우는 놀랄 수밖에 없었다.

범인

"정말 내 가족이 어떻게 됐는지 알고 싶어?"라던 철수의 표정이 자꾸 떠올라 두일은 어찌할 바를 몰랐다. 이 연쇄살인범이 도대체 무슨 의도로 자기 가족을 캐나다에서 귀국시켰는지, 그리고 앞으로 무슨 짓을 저지를지 걱정이 태산이었다.

생각 끝에 두일은 철수를 집에서 기다리기로 했다. 따로 연락하거나 자극하면 돌발 상황이 벌어질지도 몰랐다. 전등이 모두 꺼진 거실 소파에서 선잠을 자며 철수를 기다렸지만, 철수는 동이 틀 때까지 집에 들어오지 않았다. 벌써 뭔가 낌새를 챈 건가 싶었다. 이런저런 고민을 잇다가 어느새 출근 시간이 다가왔지만, 그럼에도 철수는 들어오지 않았다. 두일은 속이 타들어 갔다. 가족에게 철수가 연쇄살인범이니 조심하라고 말할 수도 없었다. 철수는 그가 들인 사람이니까. 자기가 출근한 이후에 그가 집에 오는 상황이 걱정돼 미칠 지경이었다.

그날 두일은 출근하며 어쩔 수 없이 현관문의 비밀번호를 바꾸고 수진에게 철수가 들어오면 집으로 들이지 말라 신신당부하고 자신에게 곧바로 연락을 달라는, 궁색한 조치밖에 취할 수 없었다.

"응급실비 계산 부탁드립니다."

출근길에 들린 병원에서도 어이없는 상황이 이어지기는 마찬가지였다. 갑자기 환자가 사라지다니, 어디 하나 성치 않은 노인이었는데.

"아니, 선생님. 제가 보호자가 아니고요…."

"CCTV 보세요. 선생님이 데리고 온 환자분 맞으시죠?"

"네, 그렇긴 한데…."

"그럼 보호자 맞으시네요. 여기 보세요. 혼자서 절뚝거리면서 제 발로 나가셨어요. 확인되시죠?"

"아, 네…."

노인은 혼자 어디로 간 걸까. 병원비가 없어서 그랬던 걸까,

아니면 철수가 찾아올까 무서웠던 걸까…. 당장 두일의 입장에서는 철수에게 쇠고랑 채우는 데 필요한 결정적 증인이 사라진 것이었다. 어떻게든 노인을 찾아내야 했다. 철수에 이어 노인까지, 두일은 정말 답답해 미칠 지경이었다. 그때 간호사가 고개를 숙이며 말했다.

"결제 부탁드립니다. 선생님."

두일은 정말, 정말로 어쩔 수 없이 카드를 꺼냈다.

하지만 눈은 계속 CCTV를 향했다. 노인은 혼자서 절뚝였지만 쉬지 않고 걸었다. 그러다 문뜩 문가에서 멈추더니 자신의 발바닥을 훑어보고, 또 걸어온 길을 스윽 훑어보았다. 그러고서야 병원 밖으로 빠져나갔다. 두일은 병원 문을 나가는 노인의 걸음걸이를 유심히, 계속 유심히 쳐다봤다.

며칠째 철수는 집에 들어오지 않았다. 다행이라면 다행이었지만 아직 어떤 사건도 발생하지 않자 두일의 불안감은 더 부풀었다. 그러던 중 강력팀 부서의 전화벨이 동시다발적으로 울렸다. 나른한 오후에 긴장이 풀려 있던 부서 형사들은 벨 소리에 놀라 각자 수화기를 들어서 전화를 받았다. 그중 박 형사가 제일 먼저 보고했다.

"팀장님! 사건 터졌답니다!"

"어디야?"

영호가 외투를 집어 들고 자리에서 일어나자 부서 형사들 역시 현장으로 출동할 준비를 했다. 두일은 왜인지는 알 수 없지만 철수의 짓일지도 모른다는 직감이 왔다. 먼저 수진에게 전화를 걸어 다급하게 물었다.

"여보. 철수 집에 왔어?"

"철수 삼촌? 없는데? 자기 요새 좀…."

전화를 끊고 어떻게 해야 할지 생각하던 그때 맞은편에서 출동 준비 중인 성현이 보였다.

"지난번에 부탁한 거 어떻게 됐어?"

성현은 어리둥절한 표정으로 바라보았다.

"뭐 말씀하시는 거예요?"

"신원조회 부탁한 거 있잖아."

"아 그거요? 슬슬 조사 결과 나오긴 했을 텐데…."

쿵!

두일이 두손으로 책상을 내리쳤다.

"정말 급하다고!"

"…."

분위기가 싸해지자 두일이 사과했다.

"미안하다."

"아니에요, 선배. 과수팀에 다시 한번 물어볼게요."

성현이 과학수사팀에 전화를 걸었다. 부서 밖으로 나가려던 영호는 두일과 성현이 출동하지 않고 가만히 있는 것을 보았다.

"늬들 뭐해?"

"금방 따라가겠습니다."

두일이 대답했다.

"늦기만 해!"

영호가 엄포를 놓으며 부서 형사들과 먼저 나갔다.

두일은 성현과 함께 차를 타고 사건 현장으로 출동했다. 그때 성현의 핸드폰 알림음이 울렸다. 조수석에 앉아 있는 성현이 핸드폰을 확인했다.

"선배, 신원조회서 도착했는데요."

"응, 읽어줘."

"이름 김철수. 나이 스물아홉."

"주소지는?"

성현은 곧바로 철수의 주소지를 살펴보았다.

“주소지는 저희 관할인데요?”

두일은 오른손을 뻗어서 성현의 핸드폰을 낚아챘다. 그러자 차량이 오른쪽 차선으로 넘어갔다.

“선배님, 운전! 운전!”

두일은 아랑곳하지 않고 핸드폰을 봤다. 철수의 주민등록상 주소지는 성현의 말대로 두일이 근무하는 경찰서의 관할 지역이었다.

“누군데 신원조회까지 하는 거예요?”

“있어. 악마 같은 새끼.”

성현은 두일의 들끓는 말투와 분위기에 눌려 입을 다물 수밖에 없었다.

두일과 성현이 탄 차량이 사건 현장 근처에 도착했다. 차창 너머로 사건 현장에 몰려 있는 수많은 사람이 보였다. 형사과장은 취재진 앞에서 사건 경위를 설명하고 있었다. 두일이 조수석에서 내리려는 성현에게 말했다.

“먼저 가 있어. 차 세우고 갈게.”

“네.”

성현은 차에서 내려서 사건 현장으로 뛰어갔다. 인파를 헤치며 힘겹게 사건 현장으로 들어가는 성현의 뒷모습을 보던 두일은 차를 돌려 어디론가 사라졌다.

민기와 아이들은 사이렌을 울리며 현장으로 출동하는 경찰 차량들을 보고 사건이 터졌다는 것을 알아차렸다. 그들은 경찰 차량이 향하는 방향으로 뛰어갔다.

그리고 이내 몰려 있는 사람들과 주변을 통제하는 순경들을 보고 사건 현장임을 알아차렸다. 그들은 순경들이 구경꾼들을 통제하느라 정신없는 틈을 타서 폴리스 라인 안으로 들어갔다. 순경들은 아이들이 사건 현장으로 들어가리라고는 생각조차 안 했기에 구경꾼들을 막는 데 정신이 없었다. 민기는 혼란한 틈을 타서 시신의 상태를 살펴보려 했지만 시신은 하얀 시트에 덮여있어서 아무것도 볼 수 없었다. 한발 늦었다고 생각했다.

"어? 민기, 네가 여기 왜 있어? 빨리 나가. 여기 애들 노는 데 아냐."

"네."

영호의 말에 아이들은 사건 현장 밖으로 밀려났다. 구급대원들이 시신을 들것으로 옮기던 그때, 시신의 한쪽 손이 시트 밖으로 튀어나왔다. 민기는 그것을 놓치지 않고 유심히 바라보았다. 이번 사건은 지난 사건과 달리 시신의 손목에 매듭은 없었지만 결박흔이 남아 있었다. 영호는 사건 현장에 가만히 서 있는 아이들의 등을 떠밀어 폴리스 라인 밖으로 내보냈다. 아이들은 어쩔 수 없이 현장 밖으로 밀려날 수밖에 없었다. 취재 기자가 다가왔다.

"연쇄살인입니까?"

기자의 물음에 영호는 고개를 가로저었다.

"지난번이랑 다른 사건이야."

민기와 아이들은 근처 놀이터에 둥글게 모여 앉았다. 승우가 민기에게 물었다.

"이번에도 지난번이랑 같은 사건이야?"

민기는 물음에 답하지 않고 골똘히 생각에 잠겨 있었다. 아이들은 그런 민기를 가만히 바라보았다. 한참 동안 생각에 잠겨 있던 민기가 마침내 입을 열었다.

"쉽게 단정 지을 순 없겠지만, 만약 지난번이랑 같은 사건의 범인이라면 아마 수법을 바꾼 걸 거야."

이번에는 지훈이 물었다.

"왜?"

"수사에 혼선을 주려고."

아이들은 그의 말을 잠잠히 들었다.

"다른 걸 떠나서 이번엔 시신의 손목에 분명 결박흔이 남아 있었어. 동일범일 가능성이 커."

"그걸 어떻게 알아?"

승우의 물음에 민기는 주머니에서 핸드폰을 꺼내 화면에 동네 지도를 띄워 보였다. 지도에는 10년 전 벌어진 두 사건과 춘식의 살인 사건, 그리고 이번에 벌어진 사건이 빨간 점으로 표시되었다.

"자 봐봐. 흥미롭게도 시트 매듭으로 묶인 두 개의 사건과 이번 사건은 1킬로미터 반경 내에서 겹쳐지는 부분이 생겨."

핸드폰 지도 화면에는 1킬로미터 반경의 원 세 개가 그려졌는데, 세 개의 원이 겹쳐지는 한 부분이 보였다. 시트 매듭으로 묶인 두 개의 사건은 10년 전 벌어진 미제 연쇄살인 사건이었다.

"반면 스퀘어 매듭 쪽은 겹쳐지는 부분이 없지."

이번에는 지도에 나머지 빨간 점을 중심으로 1킬로미터 반경의 원 한 개가 생겨났는데, 그 원은 앞서 그려진 세 개의 원과 멀찌감치 떨어져 있었다. 그곳은 춘식의 사망 지점으로 앞서 생긴 세 개의 원과 겹쳐지는 부분이 없었다. 민기는 앞서 1킬로미터 반경의 원 세 개가 겹쳐지는 부분을 손가락으로 가리켰다.

"우린 이곳을 집중적으로 조사할 거야."

"왜?"

경찬의 물음에 민기가 다시 설명했다.

"지리적 프로파일링이라는 게 있어."

아이들은 그것이 무엇이냐는 표정으로 바라보았다.

"범죄자의 행동반경, 동선을 추측해서 다음 범죄 장소를 찾는 기법인데…."

민기는 다시 세 개의 원이 겹쳐지는 한 부분을 손가락으로 가리켰다.

"현재로선 여기가 가능성이 제일 커 보여."

민기의 설명에도 아이들은 여전히 모르겠다는 표정을 지었다. 민기는 그들의 표정을 보고 자세히 설명해줬다.

"범인은 자기가 잘 모르는 곳에선 범죄를 저지르지 않아. 허둥대다가 증거를 남길 수 있고 CCTV 위치도 잘 모르잖아. 그래서 미리 장소를 찾으면서 준비하는 거야."

아이들은 그제야 이해 간다는 듯 고개를 끄덕였다. 민기는 세 개의 원이 겹치는 부분을 검지로 가리켰다.

"우린 이곳에서 범인을 찾을 거야."

두일은 철수의 주민등록상 주소지에 도착했다. 주소지는 아니나 다를까, 바로 어젯밤까지 노인이 감금돼 있던 그 집이었다. 두일도 이 정도 그림은 예상했다. 문제는 그럼 이제 이 집 안에 철수가 있을지 없을지, 자신이 노인을 풀어준 걸 아는지 마는지였다. 마음을 굳게 먹고 다시 집으로 들어가려 할 때, 뒤에서 누군가 큰 소리로 두일을 불렀다.

"이 형사님?"

두일이 뒤돌자 철수가 서 있었다. 때마침 찾고 있던 철수가 나타나자 두일은 이성을 잃고 그에게 다가가 다짜고짜 멱살을 잡았다.

"김철수, 너 이 악마 같은 새끼…!"

철수는 잠시 당황하다가, 이내 알겠다는 듯 말했다.

"아… 당신이군, 그놈 풀어준 게?"

이어서 두일의 멱살잡이를 강하게 뿌리치고 전에 없이 공격적인 모습을 보였다. 두일도 질세라 다시 소리쳤다.

"이 살인범 새끼가 이제 감금에 고문까지…! 너 현행범이야. 순순히 따라와라!"

"살인범? 누가 누구더러 살인범이라는 건지, 원."

"뭐야, 이 새끼가 지금!"

"자기가 지금 무슨 짓을 저질렀는지도 전혀 모르고…."

"끝까지 뻔뻔한 범죄자 새끼!"

"후우…!"

두일이 철수에게 성큼 다가가 다시 멱살을 잡았다. 그를 힘으로라도 제압할 생각이었다. 하지만 철수는 두일을 신경도 쓰지 않은 채 땅이 꺼지라고 한숨을 내쉬었다.

"당신이 풀어준 그놈이 10년 전 연쇄살인 사건의 진범이에요, 끝까지 상황 파악 안 되는 경찰 아저씨."

"뭐?"

"전국환, 당신이 어젯밤에 풀어준 그놈이 10년 전 연쇄살인 사건의 진범이라고!"

두일은 얼빠진 표정으로 철수를 쳐다봤다.

한 주택 앞에 택배기사가 도착했다. 모자와 마스크를 쓰고 있어서 얼굴은 보이지 않았다. 택배기사가 초인종 버튼을 누르자 마당에서 호스를 들고 물을 뿌리고 있던 집주인이 벨소리에 대문을 바라보았다. 집주인은 나이가 지긋하고 인자해 보였다.

"누구세요?"

"택배 왔습니다."

딱히 물건을 시킨 기억이 없는 집주인은 자식 내외가 뭔가를 보냈나 싶어 호스의 물을 잠그고 대문을 향해 다가왔다.

"어디서 오셨소? 난 주문한 게 없는데?"

집주인이 살짝 들뜬 목소리로 물으며 대문을 열었다. 택배기사는 대꾸 없이 택배 상자를 건넸다. 집주인이 느릿느릿 운송장을 살피며 몸을 천천히 돌리며 말했다.

"조심히 가세요, 허허. 고맙습니다."

퍽!

대답 대신 커다랗고 둔탁한 소리가 들렸다. 택배기사가 허리춤에 감춰두었던 둔기로 집주인의 머리를 내려친 것이다. 영문도 모른 채 뒤통수를 가격당한 집주인은 비명도 지르지 못했다. 그는 바로 이어 집주인을 발로 차 집 안으로 밀어 넣고, 집 대문을 닫았다.

집주인은 최소한의 생존 본능에 따라 택배기사에게서 도망치려 했다. 하지만 이미 그에게서 벗어날 방도가 없었다. 택배기사는 집주인의 등을 발로 밟고 도망치지 못한 뒤, 둔기를 고쳐 쥐었다. 그러고는 경건할 정도로 집중하는 표정으로 둔기를 몇 번이고 내려쳤다. 택배기사의 얼굴과 옷에는 집주인의 피가 튀어 올랐다. 그와 함께 택배기사, 아니 연쇄살인범

전국환의 얼굴에 자그마한 미소가 그려졌다.

국환은 피범벅이 된 집주인의 시신 머리채를 끌고 주택으로 들어왔다. 국환 역시 피를 뒤집어써서 언뜻 보기에 집주인과 분간이 쉽지 않았다. 그에게는 당분간 숨어 지낼 거처가 필요했기에 CCTV가 설치되지 않은 지역에, 나이와 체형이 비슷하면서 혼자 사는 인물을 물색했다. 국환은 조건에 부합하는 인물을 찾아내고, 하루 전부터 예의주시하면서 인적이 없는 시간대를 골라 계획을 시행했다.

집주인의 시신을 화장실의 욕조에 박아 둔 국환은 거실로 들어와서 소파에 앉았다. 리모컨으로 TV를 틀고 채널을 이리저리 돌리다가 보도되는 뉴스를 보고 리모콘을 멈추었다. 또 다시 살인 사건이 발생했다는 뉴스였다. 국환은 음량을 높여서 리포터의 보도를 들었다.

국환은 리포터가 언급한 사건에 관심이 갔다. 생각은 자연스레 자신을 피해자라고 착각하고 지하실에서 풀어주었던 경찰로 이어졌다. 국환은 그 경찰이 왜 자신을 피해자로 착각한 건지, 지하실은 어떻게 알고 온 건지 알 수 없었다. 그저 지금 뉴스에서 언급되는 살인 사건과 상관있을지도 모른다고 추측했다. 물론 어떤 논리에 기반한 추측은 아니었다. 오히려 여러 건의 살인을 저지르고 경찰의 추적을 피하면서 생긴 동물적인 감각에 가까웠다. 그러며 자기 얼굴과 감금 사실을 아는 그 경찰을 최대한 빨리 처리해야겠다고 판단했다.

국환은 화장실에서 온몸에 묻은 피를 깨끗이 씻어냈다. 물론 욕조에 버려둔 시신은 그대로 있었다. 가위로 머리를 자르고 면도기로 덥수룩한 수염도 깎았다. 면도는 그렇다 쳐도 가위질 역시 익숙한 듯 거침이 없었다. 샤워를 마치고는 화장대에 놓인 스킨과 로션을 바르고, 옷장에서 줄무늬 양복을 꺼내 입었다. 책상 위에는 안경집이 놓여 있었는데 안경을 꺼내 알을 빼고서 썼다. 전신 거울에는 깔끔한 노신사 하나가 비쳤다. 국환 역시 거울에 비친 자기 모습에 만족했는지, 한쪽 입꼬리를 올리며 밖으로 나갔다.

두일은 국환이 진범이라는 철수의 말을 듣고 사고가 마비됐다.

"겨우 잡아서 연쇄살인을 막아냈는데, 그걸 형사라는 당신이 풀어준 거라고!"

철수의 말이 사실이라면 두일은 제 손으로 판도라의 상자를 연 것이나 다름없었다. 겨우 정신을 차린 두일은 한풀 꺾이긴 했지만 죽지 않은 기세로 말했다.

"이 새끼야! 그럼 넌 뭐야? 그럼 왜 여태 범인 행세한 건데! 그리고 범인을 잡았으면 빨리 경찰에 넘겼어야 한 거 아냐?"

"그러는 당신들은 그동안 뭐 했어? 당신 그리고 내가 범인인 줄 알았으면 얼른 수를 썼어야지! 범인은 사람 죽이고, 민간인이 뒤쫓고 잡을 때까지 도대체 뭐 했냐고! 이번에는 좀 다른지 지켜보려고 그랬다! 당신들은 항상 이런 식이지."

두일은 아무 대꾸도 하지 못했다. 잠시 정적이 흐른 뒤, 철수는 이성을 되찾고 두일을 노려보던 시선을 거두었다.

"놈을 잡은 건 두 달 전이야. 놈은 여기서 뿐만 아니라 다른 곳에서도 살인을 저질렀어."

"뭐? 얼마나?"

철수는 잠시 뜸을 들이다가 입을 열었다.

"추정되는 사건만 최소 세 건."

두일은 철수의 말을 듣고 깜짝 놀랐다.

"그렇게 많은데 경찰에서 모를 수가 있다고?"

CCTV와 첨단 수사 기법을 뚫고 세 번의 살인을 저지른다는 건 정말 쉽지 않은 일이다.

"수사가 시작되면 놈은 다른 지역으로 이동했어. 그러고는 수법을 바꿔서 또 살인을 저질렀지."

두일은 철수의 말을 듣고 다시 아무 말도 하지 못했다. 철수는 계속 말을 이었다.

"현장에서 놈을 붙잡았을 때 그놈은 또 다른 수법으로 살인을 저지르고 있었어. 하지만 그놈이 10년 전 사건의 범인이란 건 확실해."

철수는 살인 사건 중에서도 연쇄살인이라고 의심되면 어느 곳이든 달려가서 조사를 벌였다. 그러던 때에 국환이 저지른 사건 현장을 보고 깜짝 놀랐다. 그가 저지른 사건은 10년 전 그 사건과 뗄 수 없는 공통점이 있었기 때문이다.

"그걸 어떻게 알아?"

두일이 물었다.

"아무리 수법을 바꾼다고 한들 한 사람이 범죄를 저지른 이상 사건 현장엔 그 사람만의 독특한 흔적이 남아. 그걸 바로 '시그니처'라 하지."

시그니처는 한 개인의 깊숙한 내면에 숨어서 절대 변하지 않는 정적인 것으로, 유동적인 범행 수법과 대조된다. '화성 연쇄살인 사건'의 범인이 피해자의 속옷이나 스타킹 등으로 피해자에게 재갈을 물리거나 결박한 것도 그만의 시그니처였다. 범인은 밧줄이나 노끈 대신 굳이 스타킹이라는 비효율적인 도구를 고집했다. 시그니처가 범행 수법과 구분되는 이유는 범행을 성공적으로 끝내는 데 꼭 필요한 것이 아니라, 범인의 충동이나 심리적 욕구에 따라 저지르는 행동이라는 점 때문이다.

철수가 발견한 국환의 시그니처는 시신의 귓바퀴에 새겨진 상처였다. 10년 전에도, 그리고 최근의 사건에서도 국환에게 당한 피해자의 시신 귓바퀴에는 상처가 남아 있었다. 그것은 주의 깊게 보지 않으면 알아채기 힘들 정도로 자그마한 상처였다. 대개 피해자의 몸에 난 상처를 통해 범행에 사용된 도구를 추측할 수 있지만 이 정도 크기로는 추측할 수 없었다. 부검의도 그 상처가 직접적인 사인이 아니기 때문에 대수롭지 않게 넘겼다. 하지만 철수에게는 시신의 귀를 주목해서 봐야만 하는 이유가 있었다. 그렇기에 국환이 10년 전 미제 연쇄살인 사건의 범인이라고 확신한 것이다.

철수의 프로파일링 실력은 두일 역시 익히 알고 있었기에 더 할 말이 없었다.

"하지만 그놈은 10년 전의 살인을 자백하지 않았어."

정신을 잃은 국환을 집으로 끌고 온 철수는 그가 지하실에서 도망칠 수 없도록 팔과 다리를 단단히 포박했다. 하지만 그 이후는 진전이 없었다. 국환에게는 신분증은커녕 신용카드도, 심지어 지문도 없었다. 박피 수술을 하거나, 칼로 손끝

살점을 도려내거나, 손작업으로 마모되면 지문이 닳아서 없어진다. 국환은 어떤 경우에 해당하는지 알 수 없었으나 그의 손에는 지문이 하나도 남아 있지 않았다. 그가 현장에서 결코 지문을 남기지 않는 이유가 이 때문이었다.

"설마 지문 찾은 건 아니겠지? 그럼 쓰나, 같은 프로끼리."

국환이 비아냥거렸다. 철수는 그런 국환을 갖은 방법으로 신문했지만, 그는 한결같이 범행 사실을 부인했다.

"무슨 소리야? 사람 잘못 봤어."

"말해! 이 쓰레기 새끼야!"

그는 끝까지 10년 전 연쇄살인 사건에 대한 범행을 부인했다. 철수는 의심만으로 아무것도 할 수 없다는 것을 알고 있었다. 연쇄살인범인 국환을 붙잡았지만 이러지도 저러지도 못하는 상황이었다. 국환은 그런 철수를 보고 이를 드러내며 웃었다.

철수는 두일에게 국환을 잡았을 때의 상황을 구체적으로 설명했다.

"그래서 난 그놈이 10년 전에 연쇄살인을 저질렀다는 증거가 필요했어. 그러던 때에 10년 전 사건을 모방한 사건이 발생했지."

두일이 놀란 눈으로 바라보자 철수가 고개를 끄덕였다. 두일은 철수가 말한 모방 사건이 바로 자신의 과실치사임을 알아차렸다. 철수가 주머니에서 무언가를 꺼냈다.

"어? 그거!"

두일은 자신이 잃어버린 줄 알았던 경찰공무원증이 철수의 손에서 나오자 깜짝 놀랐다. 경찰공무원증 속 두일의 사진은 철수의 사진으로 감쪽같이 바뀌어 있었다. 두일은 그것을 보고 다시 한번 놀랐다.

"그게 왜 너한테 있어?"

"이걸 이용해서 놈이 저지른 것으로 추정되는 사건들을 조사했어. 그런데… 여전히 증거가 없어."

"뭐?"

"증거가 없다고!"

"증거가 왜 없어?"

"쓸 수 있는 게 아무것도 없어."

"그게 무슨 뜻이야?"

"사건을 무마하려고 경찰 쪽에서 전부 인멸시켜 버렸어."

두일은 아무 말도 하지 못했다.

"확실한 거야?"

"뭐?"

"범인 확실하냐고."

"사건 터진 거 보면 몰라?"

그때 두일이 무엇을 떠올렸다.

"혹시… 너처럼 날 찾아오진 않겠지?"

"그 인간 앞에서 뭐 말한 거 있어?"

두일은 국환의 앞에서 했던 말을 곰곰이 되짚었다.

"그냥… 경찰이라는 것밖엔."

그러자 철수가 급히 자리에서 떠나려 했다.

"야!"

두일의 부름에 철수가 자리에 멈추어 섰다. 철수가 뒤돌아 보자 두일은 잠시 머뭇거리다가 입을 열었다.

"도와주라."

철수는 어이가 없는지 실소를 터트렸다.

"이쯤 되면 그 정도 앞가림은 알아서 해. 난 당신이 풀어준 그 인간 다시 잡아야 하니까."

"한 번만 도와주라. 부탁한다."

철수는 재청하는 두일의 말을 무시하고 다시 집 밖으로 나가다가 잠깐 멈추어 섰다.

"가족 먼저 빨리 출국시켜."

그러고는 이내 어디론가 뛰어갔다. 자리에 홀로 남은 두일도 정신을 차리고 서둘러 뛰쳐나갔다. 아니, 나가려 할 때 핸드폰 벨이 울렸다. 영호였다. 지금 받아봐야 들을 소리는 뻔했다. 몇 번이나 신호음이 울렸지만 애써 무시하자, 이번엔 영상 첨부 메시지가 수신됐다. 두일이 영상을 확인하려 할 때 또 전화가 걸려 왔다. 어쩔 수 없었다.

"너 인마! 지금 어디야? 일하기 싫어?!"

"…죄송합니다, 팀장님."

"전화는 또 왜 이렇게 안 받아? 내가 보낸 건 봤어?"

"이건 뭡니까?"

"지금 벌어진 사건 CCTV 영상인데, 한참 떨어진 곳에 있는 거 겨우 찾아냈어. 얼른 봐봐."

"이걸 제가요?"

"지난번에도 CCTV 범인 걸음걸이 보고 맞췄잖아! 무슨 보행분석인가 뭔가라며. 이 범인 걸음걸이도 평범하진 않아."

법보행분석법이라 하니 다시 철수가 떠올라 골이 띵했다.

"그거 보고 생각나는 거 있으면 바로 연락해!"

"네, 알겠습니다."

영호가 전화를 끊었다. 두일은 전국환 건만으로도 머리가 터질 것 같았다. 이번 사건에까지 힘쓸 여력이 없었다. 하지만 자신이 형사인 이상, 손 놓고 있을 수는 없었다. 영상을 재생시켰다. 야간이라, 너무 멀리서 찍힌 영상이라 인물의 형체가 잘 보이지 않았다. 이런 화질로 뭘 알아낼 수 있을 리 없었다. 멍한 눈으로 보던 두일의 표정이 점차 바뀌었다.

영상 속의 남자는 자리에 멈춰서더니 자기 신발 밑창을 훑어보고, 자신이 걸어온 곳을 훑어보았다. 지금 와서 보니 자기 발자취를 확인하는 행동 같기도 했다. 병원 CCTV에서 봤던 노인이 분명했다. 그는 철수의 말에 따르면 전국환이라는 연쇄살인범이기도 했다. 철수의 모든 이야기가 딱 맞아떨어졌다.

국환은 이미 두 건이나 저질렀으니 다른 지역으로 이동하는 게 보통이었지만, 자기를 아는 경찰은 처리하고 가고 싶었다. 정보를 모아야 했다.

며칠이 지나 컨디션을 회복하고 여러 준비를 마친 국환은 두일이 근무하는 경찰서 로비로 들어왔다. 말끔하고 단정한 옷차림의 국환이 경찰서 조직도를 두리번거리면서 보고 있자 안내 직원이 아무런 의심 없이 다가왔다.

"어떻게 오셨습니까?"

"형사님 찾아왔습니다."

"형사님 성함이 어떻게 되시죠?"

"저기 그게…."

두일의 이름을 모르는 국환은 머리를 굴리다가, 직원 뒤의 홍보관 게시판에 걸린 두일의 사진을 봤다. 두일의 사진 위로 이달의 우수 수사관이라는 팻말이 걸려 있었다. 국환은 그 사진을 손가락으로 가리키면서 말했다.

"저분이오."

직원은 국환이 가리키는 곳을 향해 뒤돌아보았다.

두일네는 며칠에 걸친 두일의 끈질긴 설득 끝에 다시 캐나다에 가기로 했다. 이 쪼들리는 현실을 당장 어떻게 할 수는 없겠지만, 지금 그건 두일에게 그리 중요하지 않았다. 최우선 사안은 무엇보다 가족의 안전이었다.

수진과 예지는 거실에서 TV 에어로빅을 따라 하고 있었다. 식탁 위에서 핸드폰 벨이 울렸지만 거실 가득 울려 퍼지는 에어로빅 음악에 파묻혔다. 잠시 후 핸드폰 벨이 그쳤고, 지친 수진과 예지는 거실 바닥에 드러누워서 숨을 내쉬었다. TV에서 나오던 에어로빅이 끝나고 초인종 벨이 울리자 예지가 자리에서 일어나서 인터폰을 향해 다가갔다. 인터폰 모니터에는 웬 노신사의 모습이 보였다.

"누구세요?"

"이두일 형사님 댁 맞지요?"

"네. 그런데요?"

"형사님 뵈러 왔습니다."

예지가 현관문을 열자 깔끔하게 차려입은 노인이 서 있었다. 그의 뒷주머니에는 둔기가 꽂혀있었지만, 예지의 시야에서는 보이지 않았다. 게다가 말끔한 노신사를 별달리 의심할 이유도 없었다.

"어떤 일로 오셨어요?"

"감사 인사를 전할 일이 있어서요."

"들어오셔서 기다리세요."

그런데 국환이 집으로 들어오려고 하자, 뽀솜이가 격렬하게 짖어댔다.

"얘가 갑자기 왜 이래? 쉿! 조용!"

예지가 뽀솜이를 진정시키려 했다. 하지만 뽀솜이는 전에 없이 계속 짖어댔다. 국환은 푸들의 반응을 보고 잠시 머뭇거렸지만, 무시하고 현관으로 들어오려 했다. 그때 뽀솜이가 국환에게 달려들어 그의 허벅지를 물었다.

"아악!"

국환이 고통에 비명을 지르자 예지가 깜짝 놀랐다.

"엄마!"

예지의 외침에 수진이 현관으로 달려왔다. 그녀 역시 뽀솜이의 행동을 보고 깜짝 놀랐다. 여태 뽀솜이가 사람에게 적대적이었던 적이 없었기 때문이다. 국환은 화들짝 놀라 푸들을 떨쳐내고 집 밖으로 뛰어나갔다. 수진이 슬리퍼를 신고 뒤따라 나갔다.

"저기요!"

가만히 있을 수만 없었던 예지 역시 집 밖으로 뛰쳐나갔다.

슬리퍼를 신고 인근 골목을 돌아다니던 수진은 자리에 멈추어 서서 주위를 둘러보았다. 그러나 국환은 어디에도 보이지 않았다. 뒤이어 쫓아온 예지가 자리에 멈춰 섰다.

"어떻게 됐어요?"

수진은 걱정스러운 표정으로 대답했다.

"몰라. 그렇게 그냥 가시면 안 되는데."

인근 공원 화장실로 들어온 국환은 다리의 상처를 확인했다. 뜬금없이 푸들에게 물린 상처는 꽤 깊었다. 국환은 인근에 있는 약국에서 소독약과 연고, 붕대를 사 왔다. 병원에서 주사를 맞는 게 최선이겠지만 물론 그럴 수는 없었다. 상처 부위에 들이부은 소독약 때문에 고통이 적지 않았지만, 국환은 아무렇지 않은 듯 무표정한 얼굴로 치료를 마쳤다. 공원 화장실에서 나온 국환은 목줄이 풀린 작은 말티즈와 마주쳤다. 말티즈는 국환에게 꼬리를 흔들며 반가워했고, 국환은 말티즈를 묘한 눈빛으로 쳐다봤다.

잠시 집에 들린 두일이 가장 먼저 본 모습은 싸우고 있는 예지와 수진이었다.

"사람을 물었잖아."

"그럼 동물 교정부터 받아봐야지, 엄마는 안락사란 말 너무 쉽게 하는 거 아니야?"

수진의 말에 예지가 날 선 반응을 보였다.

"도대체 무슨 일이야?"

두일이 의아해했다. 수진이 고자질하듯 말했다.

"뽀솜이가 사람을 물었어. 당신 보러 왔다는 어르신을."

"응? 어르신? 무슨 어르신?"

두일이 심상찮은 분위기로 대꾸하자 수진이 되레 놀랐다.

"당신한테 감사 인사할 일이 있다던데?"

두일은 머릿속이 하얗게 질렸다.

"당장 짐 챙겨."

"갑자기 무슨 말이야? 당신 왜 그래?"

"제발 하라면 그냥 하란 대로 좀 해. 예지 너도 빨리 짐 챙겨. 얼른 챙겨서 친정에 가."

두일은 안방으로 들어가서 양손에 여행용 가방을 들고나왔다. 두일 혼자 분주한 모습을 본 수진과 예지는 벙쪄서 가만히 서 있었다.

"뭐해?"

"나 안 갈래."

예지의 선언에 두일과 수진이 깜짝 놀랐다.

"뭐?"

"며칠이나 혼자서 생각해봤어. 나 캐나다도 할머니 집도 안 갈 거야."

"…."

수진이 예지의 팔을 붙잡아서 앞으로 돌려세웠다.

"너 엄마한테 말해봐! 갑자기 그게 무슨 말이야?"

"이제야 알았어."

"뭘?"

"하고 싶은 일은 직접 찾아야 된다는 걸. 아무 도움 없이 나 스스로."

수진이 한숨을 내쉬었다. 이에 반해 두일은 굳은 채로 가만히 있었다.

"갑자기 또 무슨 개떡 같은 소리야?"

"지금 이럴 시간 없으니까 얘긴 나중에 해."

정신이 돌아온 두일이 수진의 팔을 붙잡고 밖으로 나가려 했다. 하지만 이번엔 수진도 가만있지 않고 두일의 손을 뿌리치며 예지 앞으로 다가갔다.

"이 기집애가 비싼 돈 들여가면서 유학시켰더니, 뭐? 이젠 가기 싫다고?"

"엄마도 밤마다 울었잖아! 한국으로 돌아가고 싶다고."

"이 기집애야. 그건…."

잠시의 정적이 집 안을 메웠다.

"싸워도 좋으니까, 일단 친정에 가서 싸워."

"당신 진짜 갑자기 왜 이러는 건데?!"

"제발! 토 달지 말고 그냥 좀 들어!"

"어휴 진짜 내가 못 살아!"

차마 그 노인이 연쇄살인범이라고 말할 수는 없었다. 대신 답답함이 폭발하자 수진이 한걸음 뒤로 물러섰다. 수진은 화난 표정으로 여행용 가방에 짐을 챙기기 시작했다.

"민기는 어디 갔어?"

"몰라!"

두일이 민기에게 전화를 걸었지만, 연락이 닿질 않았다.

두일은 양손 가득 짐을 들고 아파트 밖으로 나왔다. 뒤이어 수진과 예지가 아파트 밖으로 나왔다. 뽀솜이는 예지의 품에 안겨 있었다. 두일이 차 트렁크에 짐들을 싣던 때 주머니에서 벨이 울렸다. 철수였다.

"알았어."

두일은 곧바로 통화를 끊었다. 수진은 차 운전석에, 예지는 뽀솜이를 안고 조수석에 탔다.

"민기 연락되는 대로 꼭 챙겨서 데려가. 심각해 지금. 입씨름할 때가 아니야."

두일은 다시 한번 수진에게 당부했다.

"알겠다고!"

수진도 여전히 화난 상태였다. 차가 출발하자 두일은 아파트 단지 밖으로 달려나갔다.

수사

민기와 아이들은 설문 조사를 가장한 탐문 수사를 벌이기로 했다. PC방에서 설문지를 작성하고 출력해 한집 한집 돌아다니며 초인종을 누르고 설문지와 초코파이를 돌리며 범인을 찾으려 했다. 거주민들은 설문 조사를 한다는 아이들의 말에 별다른 의심 없이 응해주었다. 아이들은 어른이 아이들을 크게 경계하지 않는다는 사실을 알고 있었다. 실제로 주민들은 설문 조사에 생각보다도 잘 응해줬다.

민기와 아이들은 어느덧 외진 저택 앞에 도착했다. 승우가 초인종 버튼을 눌렀다. 벨이 길게 울렸지만 아무런 반응이 없었다. 승우가 다시 초인종 버튼을 누르려 했다.

"뭐야?"

문이 열리며 한 노인이 나왔다. 민기가 말했다.

"저희 성당에서 쌀을 지원해드리는데요."

"…."

"초코파이도 드려요."

노인은 평소라면 말이 끝나기도 전에 문을 닫았겠지만, 때마침 다리도 다친 탓인지 초코파이가 눈에 들어왔다.

"양갱은 없나?"

"초코파이밖에 없는데…."

노인은 초코파이를 낚아채려 했으나 민기도 초코파이를 놓지 않았다. 초코파이를 두고 잠시 신경전이 펼쳐졌다. 민기가 반대 손에 쥐고 있던 설문지를 내보였다.

"본인 확인을 위해서 신분증 좀 보여주시겠어요?"

노인은 잠시 머뭇거리다가 주머니를 뒤지면서 지갑을 찾는 시늉을 했다.

"지갑을 두고 왔구만."

노인이 초코파이에서 손을 뗐다.

"그냥 드릴게요."

민기가 다시 초코파이를 내밀자 노인이 다시 낚아채듯 가져갔다.

"근데 정우는 많이 아파요? 오늘 학원에 안 왔던데요…."

민기는 지나가는 말처럼 자연스럽게 물어보았다.

"정우? 우리 정우랑 친하니?"

노인도 태연자약하게 대답했다.

"정우가 빨리 나았으면 좋겠네요. 이제 다음 집 가자."

민기가 고개를 꾸벅이자 아이들도 따라 고개를 숙인 뒤, 다른 집으로 가서 초인종 버튼을 눌렀다. 노인은 집으로 들어가 초코파이를 까며 창문을 슬쩍 열어 아이들을 유심히 지켜보았다.

"저희 성당에서 쌀을 지원해드리는데요."

노인은 아이들이 옆집에서도 똑같은 과정을 밟는 것을 보고 그제야 소파에 앉았다.

민기와 아이들은 몇 집 더 돌다가 모여 이야기를 시작했다.

"근데 정우가 누구야? 캐나다에 가기 전에 알던 애야?"

경찬의 물음에 민기는 고개를 가로저었다.

"아니, 정우란 애는 없어."

"그럼…."

지훈이 말을 잇지 못하자 민기가 고개를 끄덕였다. 아이들은 서로 바라보았다.

저녁이 되고 주위가 어두워질 때까지 아이들은 골목에 잠복해 있었다. 그때 낮에 본 노인이 거처에서 나왔다. 아이들은 그것을 보고 급히 골목 모퉁이 뒤로 몸을 숨겼다. 주위를 둘러보고 인적이 없는 것을 확인한 노인은 어디론가 사라졌다. 그것을 본 민기가 말했다.

"승우랑 경찬인 나랑 같이 들어가고, 지훈이 넌 여기 있다가 아까 그 아저씨가 나타나면 나한테 전화 줘. 그럼 뒷문으로 도망쳐 나올 테니까. 혹시 잘못되면 바로 경찰에 신고해."

지훈이 고개를 끄덕였다.

"그냥 신고하면 안 될까?"

승우의 물음에 민기는 고개를 가로저었다.

"확실한 증거가 있기 전까진 안 돼."

"근데 TV에서 보면 영장 같은 거 있어야 하던데."

"우린 애들이니까 괜찮아."

아이들은 그건 아니라는 표정으로 바라보았다. 민기는 그들의 표정을 보고 당황했다.

"정 그러면 축구공 주우러 들어갔다 그러지 뭐."

민기는 아이들이 더 물어보기 전에 앞장서서 낮의 그 집으로 들어갔다. 승우와 경찬이 잠시 망설였다. 그들은 어떻게 해야 할지 몰라 서로 바라보았다.

"쫄았어?"

현관문 앞에 서 있는 민기가 작은 목소리로 한마디 하자, 아이들도 질 새라 집으로 앞장서려 했다.

거처로 들어온 아이들은 내부를 살펴보았다. 거처의 전등은 모두 꺼져 있어서 앞이 잘 보이지 않았다. 전등을 켜면 들킬까 하는 생각에 아이들은 미세한 핸드폰 라이트만으로 집 내부를 살폈다.

민기는 화장실 문을 열고 안을 살펴보았는데, 무슨 냄새가 나는지 코를 씰룩거렸다. 그러더니 부엌으로 가서 뭔가 찾기 시작했다. 찬장의 조미료 더미에서 식초를 찾아 다시 화장실로 돌아가 식초를 화장실 바닥에 뿌린 뒤, 화장실의 전등을 껐다. 이어서 핸드폰의 블랙 라이트 어플을 켜서 화장실 내부를 향해 비추었다. 그러자 화장실 바닥에서 형광색의 얼룩들이 하나둘씩 드러났다.

누가 페인트를 뿌린 것처럼 화장실 사방에 형광색 얼룩이 묻어 있었다. 혈흔 감식에 널리 쓰이는 루미놀반응을 흉내 낸 방식으로, 수사 드라마에서 약식으로 쓰는 혈흔 감식법이었다. 실제로도 루미놀 용액처럼 발광이 뚜렷하진 않지만, 얼룩을 확인하기에는 부족함이 없었다. 이 집에 심상치 않은 일이 있던 게 분명했다.

"으아아아악!"

"무슨 일이야?!"

주체할 수 없는 비명 소리가 들렸다. 민기와 경찬은 황급히 승우가 있는 부엌 쪽으로 달렸다. 부엌으로 가자 승우가 바닥에 주저앉아 있었다. 냉동실 조명에 비친 그의 바지는 사타구니 부위를 중심으로 젖어 있는 것 같았다. 하지만 그게 중요한 게 아니었다.

"으… 으아아악!"

경찬과 민기도 뒷걸음질 치며 소리를 내질렀다.

문이 덜렁 열린 냉동실 안에는 사람처럼 보이는 무언가가 있었다.

"진짜… 우리가 본 거, 진짜 시체 맞지? 나 이제 집에 갈래. 무서워."

"이제 진짜 경찰에 신고하고 그만 집에 가자. 민기야, 응?"

"아니, 나도 보고 싶다니까?"

"진짜 시체라고! 쫄아서 들어가지도 않은 게!"

막 노인의 집에서 나온 아이들이 모여 긴박하게 이야기를 나눴다. 방금 집에서 나온 승우와 경찬은 겁에 질려 얼른 신고한 뒤에 집에 가자고 하는 반면, 망을 보던 지훈은 자기도 들어가서 보고 싶다고 아우성쳤다. 그런 와중에 민기는 혼자 고민에 빠져 있었다.

"나 혼자 들어가서 사진만 찍고 올게."

"위험해 민기야. 이제 그냥 신고해야 돼."

"우리가 해결할 수 있는 문제가 아니야!"

승우와 경찬이 다시 설득했다.

"맞아. 근데 증거가 없으면 경찰이 우리같은 애들 말을 믿어줄 리가 없어."

"그건 그렇지만…."

"너희들은 망보고 있어. 사진만 찍고 금방 나올게."

"나도 같이…."

지훈의 부탁에 민기는 고개를 가로저었다.

"이건 실제 상황이야. 나 혼자 다녀올게."

아이들은 골목의 모퉁이 담벼락 아래서 쪼그려 앉아 있었다.

"나는 이제 진짜 집에 갈래."

"쫄았어? 민기 버리고 갈 거야?"

"진짜… 진짜 냉동실에 시체가 있었단 말이야!"

"그래서 혼자 오줌 싼 거야? 민기랑 경찬이는 괜찮았는데?"

"…."

지훈이 놀리자 승우가 고개를 숙였다. 그러면서 변명하듯 말을 뱉었다.

"우리가 어쩔 수 있는 게 아니라고…."

"그래서 지금 민기 버리고 가잔 말이잖아?"

"아니, 그게 아니라…."

아이들은 원래대로라면 모퉁이 너머로 누가 오지는 않는지 망을 봐야 할 터였지만, 저들끼리 소곤대느라 정신이 없었다. 그래서 검은색 비닐봉지를 든 노인이 골목에 나타난 걸 보지도 못했고, 그 노인이 집으로 들어가는 것도 알아차리지 못했다.

국환은 간유리 너머로 핸드폰 라이트가 움직이고 있는 것을 보고 집 안에 누군가 있다는 것을 알아차렸다. 하지만 동시에 간유리였기 때문에, 그리고 주위가 어두웠기 때문에 집 안에 있는 인물이 누구인지는 알 수 없었다. 불빛의 높이가 성인 남성의 허리 정도밖에 안 된다는 것을 보자 낮에 왔던 아이들, 특히 설문지를 내밀던 맹랑한 꼬마의 얼굴이 떠올랐다. 그는 곧 집 안으로 들어갔다.

현관문이 열리는 소리가 들리자 집을 수색하던 민기는 뒤돌아보았고, 현관의 센서등 아래에 서 있는 국환을 보고 자리에 그대로 얼어붙었다. 잠시 정적이 흐르고, 국환이 손에 있던 검은색 비닐봉지를 바닥에 던지고 민기를 향해 다가갔다. 그 때, 민기가 귀청이 떨어질 만큼 큰 소리로 외쳤다.

"다~들! 도~망~쳐! 신~고~해!"

밖에서 민기의 외침을 들은 아이들은 하던 것을 멈추고 노인의 집을 바라보았다. 잠시 후 정신을 차린 그들은 누가 먼저랄 것도 없이 골목에서 도망쳤다. 저마다 자기가 어디로 달리는지도 모르는 채, 되는 대로 다리를 움직였다.

두일과 철수는 국환을 찾기 위해 차를 타고 인근 골목을 수색하고 있었다. 두일의 차는 수진과 예지가 타고 갔기 때문에 그들은 경찰서 업무용 차를 타고 인근을 수색했다. 두일이 한숨을 내쉬었다.

"완전 김 서방 찾기지, 이게."

조수석에 앉아 있는 철수가 말했다.

"경찰 인력이면 오늘 중으로 전부 수색 가능해요."

"누가 내 말을 믿겠어?"

"그러게 평소에 직장 생활 좀 잘하지 그러셨어요."

두일은 철수를 째려보았다. 그때 두일의 핸드폰 벨이 울렸다. 성현의 전화였다. 두일은 전화를 받지 않고 수신 거부를 했다. 잠시 후 또다시 성현의 전화가 걸려 왔다. 두일은 결국 전화를 받았다.

"선배님. 지금 어디세요?"

"내가 지금 좀 바빠서."

"방금 신고가 들어왔는데요. 민기가 인질로 잡혔답니다."

"뭐? 민기가 여기서 왜 나와?!"

두일은 성현의 말에 심장이 철렁였다.

두일과 철수는 국환의 거처 앞에 도착했다. 거처 앞에는 앰뷸런스와 경찰차가 세워져 있었다. 그때 구급대원들이 하얀 시트에 덮인 집주인의 시신을 들것으로 들고 밖으로 나왔다. 뒤이어 성현이 나오자 그것을 본 두일이 다가갔다.

"어떻게 된 거야?"

"민기 친구라는 애들이 신고했어요. 민기가 범인으로 의심되는 사람한테 붙잡힌 것 같다고요."

두일은 성현의 말을 듣고 다시 충격을 받았다. 철수가 두일에게 말했다.

"민기를 데리고 다니는 만큼 멀리 이동하진 못했을 겁니다. 분명 근처에 있을 겁니다."

골목마다 배치된 순경들은 행인들을 일일이 검문했다. 두일은 민기를 찾기 위해 골목을 뛰어다녔다. 철수 역시 민기를 찾기 위해 골목을 뛰어다녔다. 그러다 무슨 생각이 떠올랐는지 자리에 멈추어 서서 어디론가 전화를 걸었다.

태곤은 두 손으로 머리를 싸맨 채 사무실 소파에 누워 있었다. 부하들은 그의 심기를 건드리지 않기 위해 최대한 숨죽였다. 핏불테리어는 어디로 갔는지 보이지 않았다. 그때 사무실 TV에서 뉴스가 흘러나왔다. 여성 리포터가 사건을 보도했다.

"살인 사건이 발생한 지 며칠이 채 안 되어서 또 다른 사건의 피해자가 발견됐습니다. 살인 사건의 범인으로 추정되는 용의자는 현재 인근에서 아동을 인질로 삼은 채 잠적한 상태이며, 경찰 측에서는 추가로 병력을 투입하여 범인 검거에 총력을 다 하겠다고 밝혔습니다."

태곤과 부하들은 뉴스를 보고 서로 바라보았다.

"실장님!"

부하의 부름에 태곤이 고개를 끄덕였다. 때마침 다른 부하 한 명이 개 한 마리 끌고 들어왔는데, 핏불테리어가 아니었다. 태곤이 물었다.

"이번엔 제대로 된 놈이야?"

"네. 이놈은 보더콜리라는 종인데요, 개 중에서 지능이 제일 높답니다."

자리에서 일어난 태곤에게선 결의가 느껴졌다.

"가자."

수진과 예지가 탄 차량이 골목에 정차했다. 친정으로 가는 중 철수의 연락을 받고 온 이들은 골목마다 배치된 순경들을 보고 무슨 일인지 싶었다. 예지는 철수가 다가오는 것을 보고 조수석 창문을 내렸다.

"이 늦은 시간에 무슨 일이에요?"

"무슨 일 있어요? 철수 삼촌?"

예지와 수진이 차례로 물었다. 철수는 차마 민기가 범인에게 인질로 잡혀 있다고 말할 수 없었다.

"별일 아닙니다. 얘가 좀 필요해서요."

대충 둘러댄 철수는 예지의 품에 안겨 있는 뽀솜이를 데려갔다. 그러고는 뽀솜이를 바닥에 내려놓았다.

"찾을 수 있겠지?"

뽀솜이는 코를 땅에다 대고 냄새를 맡더니 고개를 들고 어디론가 달리기 시작하자, 철수도 그 뒤를 따라갔다. 수진과 예지는 그런 철수의 행동을 보고 무슨 일인지 궁금해했다. 그때 순경 한 명이 수진과 예지가 탄 차량을 향해 다가왔다.

"여기 주차하시면 안 됩니다."

"여기 무슨 일 났어요?"

수진이 순경에게 물었다.

"공무 중이라 알려드릴 수 없습니다."

"여기 무슨 일이냐니까요?"

순경과 철수 모두 대답해 주지 않자 수진은 답답한 마음에 버럭 소리를 질렀다. 예지와 순경은 갑작스런 고함에 깜짝 놀랐다.

국환과 민기는 근처 건물 옥상 물탱크 뒤에 숨어 있었다. 국환은 건물 밑을 내려다보며 정황을 살폈다. 그러다 앞에 있는 민기와 눈이 마주쳤다. 민기는 인질로 잡혀 있는 상황에서도 상당히 침착했다.

"넌 내가 무섭지도 않아?"

"그러는 아저씨는요?"

"뭐?"

"아저씬 무섭지 않으세요?"

"뭐가?"

"아저씨 자신이요."

국환은 무슨 개풀 뜯어먹는 소리냐는 듯한 표정으로 민기를 쳐다봤다.

뽀솜이가 땅바닥에다 코를 대고 이동하다가 골목 한쪽 구석에 버려진 민기의 핸드폰을 발견했다. 뽀솜이가 그곳으로 뛰어가더니 민기의 핸드폰에 코를 대고 냄새를 맡고, 곧 다시 어디론가 뛰어갔다.

철수가 서 있는 옥상에서는 두일과 뽀솜이의 위치가 한눈에 들어왔다. 철수가 두일에게 전화를 걸었다.

"이 형사님. 이제부터 제 말에 따라서 움직이세요. 지금 계신 곳에서 다섯 건물 더 위로 올라가세요."

두일은 철수의 지시에 따라 뛰기 시작했다.

수진과 예지가 탄 차량이 어느 골목길에 정차했다. 수진은 민기에게 전화를 걸었지만 핸드폰이 꺼져 있다는 음성이 흘러나왔다. 이번에는 두일에게 전화를 걸었다. 통화 중이라는 음성이 흘러나오자 철수에게 전화를 걸었다. 역시 누군가와 통화 중이라는 음성이 흘러나왔다. 수진은 세 명 다 전화를 받지 않자 무슨 일이 터졌다는 것을 직감했다. 예지는 발뒤꿈치에 뭔가 부딪혔다. 일전에 수진이 내팽개친 핑크색 호신용 전기충격기였다.

"엄마 이거 뭐야?"

다시 두일에게 전화를 걸던 수진은 예지의 손에 있는 호신용 전기충격기를 바라보았다.

"네 아빠가 선물이라고 주더라. 나 참, 어이가 없어서."

예지가 호신용 전기충격기를 작동시켜봤다.

"이 인간 대체 누구랑 통화 중이야?"

수진은 짜증을 부리면서 계속 전화를 걸었다. 예지가 오묘한 표정으로 수진을 바라보았다. 그러곤 한숨을 길게 내쉬고서 입을 열었다.

"엄마, 이제부터 내가 하는 얘기 마음 단단히 먹고 들어."

"뭔데?"

예지는 어떻게 말해야 할지 고민했다.

"아빠 말인데…."

"네 아빠가 뭐?"

"엄마한테 그냥 이해하라는 무책임한 말은 못해."

"뭔데 그렇게 뜸을 들여?"

"실은 나도 처음엔 충격이었어."

그때 차창 너머로 어디론가 급히 뛰어가는 두일이 보였다.

"뭐, 뭐야? 방금 지나간 사람 네 아빠 아니니?"

잠시 후 그 뒤를 따라 철수가 재빠르게 쫓아갔다. 수진과 예지는 서로 놀란 채로 바라보았다.

두일은 철수와 통화를 하며 골목길을 뛰어갔다.

"네. 거기서 오른쪽 골목으로 들어가면 건물 앞에 뽀솜이가 보일 거예요."

철수의 지시에 따라 오른쪽 골목으로 들어가자 저 멀리 뽀솜이가 보였다. 잠시 후 두일은 그 앞에 다다랐다.

"저도 지금 거기로 가는 중이니까 먼저 들어가지 마시고 잠시만 기다리세요."

전화를 끊은 두일은 철수의 말을 무시하고 허리춤에서 권총을 꺼내 홀로 건물 안으로 들어갔다.

국환은 계단을 통해 누군가 올라오는 소리를 듣고 민기를 옥상 문 옆으로 끌고 가서 몸을 숨겼다. 민기가 소리를 지르려 했으나 국환이 민기의 입을 손으로 틀어막았다. 잠시 후 두일이 권총을 겨누고 옥상에 들어섰다. 옥상 문 옆에 숨어 있던 국환이 식칼을 크게 휘둘러 두일의 등을 내찌르려 했다. 하지만 왕년의 유도 국대이자 형삿밥 10년 차의 두일이었다. 온통 신경이 곤두서 있던 두일은 인기척을 느끼자마자 낙법으로 바닥을 구르며 돌아서 총구를 겨누었다. 기습에 실패한 국환은 민기의 목에 칼을 대고 있었다.

"전국환! 다 끝났어! 얼른 아이를 풀어줘!"

"아빠!"

국환은 민기의 외침을 듣고 비열하기 짝이 없게 웃었다. 두일의 표정이 더욱 굳었다.

"뭐야, 당신 아들이었어?"

두일이 대꾸하지 않고 대치 상황을 유지하자 국환이 칼을 민기의 목에 갖다 댔다. 칼날이 얼마나 잘 섰는지 슬쩍 갖다 댄 것 같은데 민기의 목에 붉은 실금이 생겼다.

"그 총 이쪽으로 던져. 안 그러면…."

"이러고도 무사할 것 같아? 지금 경찰특공대가 이쪽으로 오고 있다! 그만 포기해!"

"닥치고 총이나 이쪽으로 넘겨! 아들 목에서 피 분수 쏟는 꼴 보고 싶지 않으면."

이제 정말 어쩔 수 없었다. 두일은 아주 느릿느릿한 동작으로 총을 바닥에 놓을 수밖에 없었다.

뒤이어 철수가 옥상으로 올라왔다. 역시 국환이 민기의 목에 칼을 대고 있는 것을 보고 두 손을 들어 올렸다. 국환은 철수를 보고 잠깐 놀란 표정을 짓다가 이내 알겠다는 듯 이를 드러내며 웃었다.

"어이쿠, 우리 자경단 나리도 오셨구먼. 그런데 어떡하나. 이번은 조금 늦으셨어?"

"얘는 풀어줘! 어차피 내가 타깃이잖아. 둘이서 끝을 봐!"

국환은 아무 말도 하지 않고 거리를 더 벌리려는 속셈인지 환풍기 옆의 옥상 난간 끝으로 민기를 끌고 갔다. 철수는 그것을 보고 당황했다.

"이제 다 끝났어! 더 이상 미련한 짓은 하지 마!"

국환은 이를 드러내며 웃었다.

"무슨 소리야? 이제 시작인데."

수진과 예지는 두일과 철수를 찾기 위해 골목길을 돌아다녔다. 그때 예지가 건물 앞에 있는 뽀솜이를 발견했다.

"엄마!"

수진과 예지도 뽀솜이가 있는 건물 앞에 다다랐다. 예지는 뽀솜이를 품에 안았다.

"왜 여기 있어?"

그때 뽀솜이가 한 건물을 향해 짖어댔다.

"여기 뭐 있어?"

예지의 물음에 뽀솜이가 또다시 짖었다. 수진과 예지는 서로 바라보고는, 수진이 앞장서서 건물 안으로 들어가자 예지 역시 그녀의 뒤를 따라 들어갔다. 옥상에 다다른 수진과 예지는 문 뒤에 숨어서 두일, 철수, 국환이 서로 대치하고 있는 것을 보았다. 예지는 곧바로 어딘가로 뛰어갔고, 수진은 어찌할 바를 모른 채 발을 구르고 있었다.

태곤과 부하들은 보더콜리를 데리고 인근 골목을 돌아다니고 있었다. 보더콜리도 땅바닥에 코를 대고 냄새를 맡으며 어디론가 이동했다. 태곤과 부하들은 그 뒤를 따라갔다. 그들은 보더콜리의 후각을 따라 한 건물을 향해 가까이 다가갔다.

이제 더는 미룰 수 없었다. 저 미친 살인범이 당장에라도 일을 저지를 상황이었다. 두일이 두 손을 든 채 발로 총을 국환 쪽으로 밀었다. 총은 두일과 국환의 중간쯤에 놓이게 됐다.

"크크, 옳지. 그래 조금만 있어 봐. 다들 사이 좋게…."

"왈왈!"

그때 문 쪽에서 웬 개 짖는 소리가 들렸다. 두일, 철수, 국환, 민기의 시선이 전부 문으로 향했다.

"거기 뭐야?"

국환이 외쳤다. 아무런 반응이 없자 그는 민기의 목에 칼을 더욱 바짝 겨누었다.

"나오지 않으면 곤란해."

그때 천천히 열린 문 사이로 푸들 한 마리가 나옴과 동시에 번개처럼 국환을 향해 달려들었다.

"크르릉…! 왈왈!"

"하아압!"

지지지지지직!

이에 당황한 국환이 칼을 푸들 쪽으로 휘둘러 저지하려 하자, 뜬금없이 뒤쪽에서 당찬 기합 소리가 들리며 환풍구가 뚫렸다. 거기서 등장한 예지가 전기충격기로 국환의 등을 지졌다.

"크아아악!"

동시에 뽀솜이가 일전에 물었던 국환의 환부를 다시금 물었다. 국환은 고통스러워하며 몸을 가누지 못해 앞쪽으로 넘어갔다. 상황이 이렇게 정리되나 싶었는데, 다시 그때 또 새로운 목소리가 들렸다.

으르릉….

"누구냐? 장부를 가져간 놈이?"

태곤의 중저음이 보더콜리 소리를 덮었다. 그 소리에 다시 모두의 시선이 쏠렸다. 태곤이 가슴팍에서 꺼낸 잭나이프를 현란하게 돌리는 중이었다.

"오늘 여기서 장부 안 나오면 다 죽는 줄 알아."

쿵!

태곤의 부하 한 명이 문을 세게 닫았다.

탕!

"악!"

그때 총성과 함께 수진의 고성이 들렸다. 쓰러졌던 국환이 총을 쥐고 예지에게 방아쇠를 당기는 모습을 본 수진이 예지를 밀치며 대신 총을 맞은 것이다.

"이런 미친…!"

"뭐야 씨발 총이야?!"

"엄마!"

예지의 울부짖음에 철수의 목소리가 묻혔다. 두일은 곧장 민기 쪽으로 달려가 민기를 감싸 안았다. 그 와중에 나이프를 꺼내며 으름장 놓던 태곤 무리는 욕지거리만 남기고 누구보다 빠르게 줄행랑쳤다. 보더콜리 역시 화약 냄새에 뒤도 돌아보지 않았다.

탕!

국환이 다시 방아쇠를 당겼지만, 잽싸게 달려든 철수가 그의 손목을 비틀어 총알은 허공을 향했다.

"얼른… 다들 도망가요!"

철수의 말에도 불구하고 수진을 안고 있던 예지와, 수진에게 달려간 두일과 민기는 애타는 눈으로 수진만 바라보았다. 그때 수진이 힘겹게 상체를 일으켰다. 그녀는 몸에는 총상이 없는 것 같았다.

"나 분명… 맞았는데?"

"첫 탄은 공포탄이야."

두일의 설명과 함께 철수의 간절한 외침이 다시 들렸다.

"빨리 도망쳐요!"

두일네 가족이 서둘러 옥상을 빠져나가는 사이, 철수와 국환은 권총을 차지하기 위해 서로 몸싸움을 벌였다. 두일, 예지, 민기가 수진을 부축하고 건물 아래로 내려오자 때마침 도착한 영호와 부서 형사들이 그것을 보고 달려왔다. 영호가 두일에게 물었다.

"어떻게 된 거야?"

"지금 범인이 건물 옥상에 있어요. 노인이 범인입니다. 당장 본부에 지원 요청하고 빨리 구급차 불러주세요."

영호는 알겠다는 듯 고개를 끄덕였다.

건물 옥상에서는 철수와 국환이 먼저 권총을 차지하기 위해 계속 몸싸움을 벌이고 있었다. 싸움은 진흙탕 싸움에 가까웠다. 옥상 바닥에서 서로 몸을 잡아당기면서 뒹구는 모습은 치졸해 보이기까지 했지만, 목숨이 걸린 상황에서 별로 중요한 문제는 아니었다.

"그래, 사이 좋게 다 보내주려 했는데… 크크."

"이 미친 살인마 새끼!"

둘은 짧지 않은 시간 동안 엎치락 뒤치락거렸고, 싸움 끝에 철수가 기어이 총을 차지했다. 신체적으로 노쇠한 데다가 전기충격기와 뽄솜이의 공격까지 받은 국환이 여태 버틸 수 있던 원동력은 손에 쥐고 있던 총 덕이었는데, 지리한 몸싸움 끝에 결국 철수가 주도권을 잡은 것이다. 철수가 가쁜 숨을 내쉬며 총구를 겨누자 국환은 이제 달려들지 못했다. 하지만 철수도 방아쇠를 당기지 못하고 손을 부들부들 떨기만 했다. 국환은 숨을 몰아쉬는 와중에도 철수를 비웃었다.

"왜? 못 쏘겠어? 이까지 와놓고도?"

"당신 때문에… 당신 때문에 전부 이렇게 됐어. 당신 때문에… 당신 때문에!"

국환이 검지로 자신의 미간을 두드렸다.

"자신 있으면 어서 여기에 쏴봐. 자경단 나리, 지하실에서 보이던 독기는 어디 갔어."

철수는 목이 메어서 말을 잇지 못했다. 멀리서 경찰차 사이렌 소리가 들려왔다. 철수는 그 소리를 듣고 10년 전 그날이 떠올랐다.

사이렌 소리와 함께 여러 대의 경찰차가 사건 현장에 도착했다. 감식반 요원들이 공터에 놓인 포대 자루를 벗겨내자 무릎을 꿇은 채 양손이 뒤로 묶인 젊은 여성의 시신이 드러났다. 교복 차림의 철수도 허겁지겁 현장에 도착했다. 그런 그는 폴리스 라인을 너머로 참혹하게 살해된 여성의 시신을 보고 주저앉아서 오열했다. 철수의 유일한 가족, 누나였다. 철수는 눈물을 흘리면서도 누나의 시신에서 눈을 떼지 않았다. 단 한 장면도 잊지 않겠다는 듯.

그녀의 귀에는 철수가 생일 선물로 주었던 귀걸이가 있었고, 귓바퀴에는 알아보기 힘든 미세한 상처가 나 있었다. 철수는 누나의 귀에 직접 귀걸이를 달아주었을 때엔 없던 상처를 똑똑히 기억했다.

부모님이 교통사고로 돌아가신 뒤 누나인 동시에 엄마가 되어줬던 그녀의 죽음 앞에서 철수는 다짐했다. 시간이 얼마나 걸리든, 어떤 대가를 치르든 범인을 찾아서 반드시 복수하고 말겠다고. 그는 경찰이 일찍이 미제로 종결한 사건의 진범을 잡기 위해 범죄 프로파일링을 독학했다. 범죄자의 심리를 분석하고 행동을 읽어내기 시작했다. 그렇게 시간이 흐르자 어느덧 그의 프로파일링 실력은 전문 프로파일러 못지않은 정도로 뛰어난 수준에 이르렀다.

하지만 시간이 흐를수록 10년 전 미제 연쇄살인 사건은 사람들의 기억에서 점점 잊혔다. 경찰은 계속해서 발생하는 다른 사건들로 인해 더 이상 10년 전 사건에 매달릴 수 없었다. 더군다나 연쇄살인 사건은 더 이상 발생하지 않았으며, 범인은 마치 증발이라도 한 듯 증거 하나 남기지 않고 어디론가 사라져버렸다. 10년 전 연쇄살인 사건은 자연스럽게 미제 사건으로 분류되어 사건 기록 자료실 깊숙한 곳에 봉인되고 말았다. 철수는 더 이상 수사를 진행하지 않는 공권력에 대한 원망이 커졌다. 결국 본인이 직접 범인을 잡아서 수면 아래로 가라앉은 과거의 사건을 다시 밖으로 끌어내고자 했다.

그러던 때에 한 사건 현장에 경찰보다도 먼저 도착해 운 좋게 사고를 막고, 국환을 지하실로 끌고 올 수 있었다. 하지만 국환은 과거의 범행을 도저히 인정하지 않았다. 철수는 예정된 수순대로 펜치로 손톱을 하나씩 뽑으며 신문하기 시작했다. 철수는 국환의 비명에도 눈썹 하나 까딱이지 않았다.

"손톱 다음엔 발톱이야. 그것들은 다시 자라나거든. 자라는 사이에 심심하면 이도 뽑을 거고."

철수는 했던 말 그대로 국환의 손발톱을 모두 뽑은 뒤엔 생니를 뽑기 시작했다. 그럼에도 국환은 10년 전 미제 연쇄살인 사건을 저질렀다는 사실을 인정하지 않았다. 철수는 일회용 주사기와 약병을 들고 국환의 눈앞에 보였다.

"이건 루프롤라이드야. 화학적 거세에 사용하는 약물이지."

고문에도 입을 열지 않는 국환이었지만 이 말을 듣고서는 온갖 욕설을 해대며 몸부림쳤다. 물론 철수는 이번에도 태연자약하게 약물을 주사했다. 철수가 처음부터 이런 짓을 서슴없이 저지를 수 있었던 것은 아니었다. 다만 그는 범인을 잡기 위해서 본인 스스로 범인의 방식으로 생각하겠다 결심했다. 살인범과 같은, 아니 그보다 더 잔혹한 포식자가 되기로.

철수에게는 그저 국환에게 10년 전 연쇄살인 사건에 대한 자백을 받아내고 말겠다는 목표밖에 없었다. 그러고도 국환이 도저히 입을 열지 않자 철수는 자백제로 사용하는 향정신성 약물, 메스칼린을 마지막으로 주사했다. 그럼에도 10년 전 미제 연쇄살인 사건의 자백은 받아낼 수 없었다.

목이 메어서 말을 잇지 못하던 철수는 과거의 기억에서 벗어나 정신을 차렸다. 그러고는 마음을 가다듬고 목표를 상기했다. 철수는 눈앞에 있는 국환을 노려봤지만 차마 방아쇠를 당기지 못했다. 스스로도 왜 그런지 알 수 없었다. 그저 손가락 하나만 당기면 되는 간단한 일이었지만, 막상 사람을 죽이는 것은 그렇게 쉬운 일이 아니었다. 복수한 그의 마음가짐은 확고했지만, 살인이라는 행위에 대한 본능적인 거부감이 최후의 방어 기제가 됐다. 그것이 바로 지금 대치 중인 두 인간의 차이였다.

"이 악마 같은 새끼! 죽여버릴 거야!"

울분에 찬 철수가 소리를 질렀다.

경찰특공대와 앰뷸런스가 건물 밑에 도착하자 두일과 예지, 민기가 수진을 부축해서 앰뷸런스로 데려갔다. 잠시 후 현장에 도착한 성현이 두일을 향해 다가왔다.

"선배님. 저 위에 있는 남자가 혹시 김철수인가요?"

"그래."

"조사 결과, 김철수. 10년 전 미제 연쇄살인 사건 피해자의 유족이었어요."

철수의 정체를 어느 정도 짐작하고 있었던 두일은 고개를 끄덕이고 건물 안으로 들어가려 했다.

"아빠!"

민기의 부름에 두일이 자리에 멈추어 서서 뒤돌아보았다. 두일은 민기가 무슨 말을 하려는지 알겠다는 듯 고개를 끄덕이고, 급히 건물 안으로 뛰어 들어갔다.

옥상에서는 철수가 국환에게 총구를 겨누고 있었다. 두일은 철수를 향해 다가갔다.

“철수야. 이제 다 끝났다. 경찰들 쫙 깔렸으니까 그거.”

두일은 철수의 손에 들린 권총을 손가락으로 가리켰다.

“그것 좀 내려놔.”

두일의 설득에도 철수는 여전히 국환을 향해 겨누고 있는 권총을 내리지 않았다. 그때 갑자기 국환이 비열하게 웃었다.

“증거 없지?”

철수는 아무 말도 하지 못했다. 국환은 그런 철수를 보고 고개를 끄덕이며 웃었다.

“그래서 경찰에 못 넘긴 거잖아. 그렇다고 쏘지도 못하고. 킥킥.”

“입 닥쳐!”

철수가 국환의 얼굴을 권총 손잡이로 후려쳤다. 얼굴을 맞은 국환의 입에서 피가 흘러내렸다. 국환은 피가 섞인 침을 바닥에 내뱉으며 다시 킥킥댔다. 입에서 피를 흘리며 웃는 모습은 섬뜩하기 짝이 없었다. 철수는 그런 국환의 얼굴을 다시 한번 주저 없이 갈겼다. 국환은 목이 뒤로 꺾이며 기절했다.

철수는 기절한 국환을 향해 방아쇠를 당기려 했다. 두일이 당황하며 외쳤다.

"안 돼! 그놈 죽여 봤자 달라지는 건 아무것도 없어!"

"다 끝났어…. 지금이 이 새끼 죽일 수 있는 마지막 기회야."

두일의 만류에도 불구하고 철수의 눈은 모든 것을 포기한 것처럼 보였다.

"그놈 죽이면 다른 유가족들은 어쩔 거야? 네가 그놈을 죽이면 다른 유가족들은 어떻게 하냐고! 너도 그놈한테 가족을 잃었으니까 그 심정 잘 알 거 아냐?"

철수는 미동도 없었다.

"그만 경찰에 넘기자."

"경찰을 믿으라고? 이제까지 너네가 뭘 했는데?"

두일은 대꾸하지 못했다. 대신 자신이 할 수 있는 말을 나직이 꺼냈다.

"너, 정말 사람 죽여본 적 있어?"

"…."

이 말에는 철수가 멈칫했다.

"그 느낌…."

두일은 주저하면서도 확실하게 말했다.

"그 느낌이 얼마나 좆같은 줄 알아?"

두일은 자신의 두 손을 내려다보았다.

"그건 어떻게 해도 지워지지 않아. 아무리 씻어도, 아무리 도망쳐도 꿈속에서 생생히 되살아나."

"젠장…."

철수가 크게 한숨을 내쉬었다.

"증거 찾자. 조금만 더 찾으면 분명 나올 거야. 내가 끝까지 도울게."

그때 경찰특공대가 옥상으로 올라왔다. 특공대원들의 소총 레이저 지시기는 권총을 들고 있는 철수를 가리켰고, 철수의 몸에는 십수 개의 빨간색 레이저가 조준되었다.

"다 끝났다. 철수야."

"시발! 아아아!"

이러지도 저러지도 못하는 철수가 울분에 차 고성을 질렀다. 그럼에도 국환을 겨눈 총구는 거두지 않았다.

"이제 너 혼자가 아니잖아."

"…."

"지금은 나랑 우리 와이프, 예지, 민기가 있잖아."

캠핑장에서 찍은 가족사진이 주마등처럼 철수의 머릿속을 스쳤다. 그러자 권총을 들고 있는 손이 다시 한번 부들부들 떨렸다.

두일이 철수에게 조심스럽게 다가가서 한 손을 철수의 어깨에 올리고 또 다른 한 손을 권총을 들고 있는 그의 손에 올렸다. 두일은 총을 쥔 철수의 손을 천천히 잡아 내렸다. 철수의 손에서 권총을 회수한 두일은 국환을 가리키며 말했다.

"범인 체포해!"

두일의 명령에 경찰특공대원들이 국환에게 뛰어갔다. 국환은 연행되며 다시 의식이 돌아왔는지, 철수를 보고 이를 드러내며 웃었다.

"내가 말했지? 넌 절대 나 못 이긴다고."

철수는 국환의 말에 아무 반응도 하지 않았다. 국환은 특공대원들에 연행되어서 옥상 문 너머로 사라졌다. 석상처럼 굳어 있던 철수는 어느 순간 어금니를 깨물고 주먹을 꽉 쥐었다. 어찌나 꽉 쥐었는지 손톱이 손바닥에 파고들었다. 온몸을 부들부들 떨면서 간신히 참던 철수는 더 이상 국환이 보이지 않자 차오르는 눈물을 감추기 위해 하늘을 올려다보았다. 해가 지고 보랏빛으로 물든 매직 아워의 하늘은 무심할 만치 아름다웠다. 결국 울분을 참지 못한 철수는 눈물을 터뜨렸다. 그런 철수를 두일이 안쓰럽게 바라보았다.

매듭

공소권 없음 처분이 취소되면서 10년 전 미제 연쇄살인 사건에 대한 재수사가 이루어졌다. 과거에는 살인죄에 대한 공소시효가 15년이었는데, 2007년에는 25년으로 늘어났다가 2015년에 완전히 폐지되었다. 법이 바뀌기 전 공소시효가 끝난 사건은 범인을 잡아도 처벌할 수 없지만, 국환의 범행은 법이 바뀌기 전 공소시효가 끝나지 않았기 때문에 결정적인 증거가 발견된다면 처벌할 수 있게 되었다.

국환의 살인은 두일의 관할 지역에서만 발생한 사건이 아니라 여러 구역에 걸쳐서 벌어진 사건이었기 때문에 광역수사대 미제사건전담팀의 주도로 수사가 진행되었다. 광역수사대 미제사건전담팀은 혹시나 놓쳤을 과거의 사건에 대한 단서를 찾기 위해 각 관할 경찰서로 찾아갔다. 그들이 자료를 요청하지 않고 직접 찾아간 이유는 각 관할 경찰서에서 과거 사건에 대한 부실 수사나 초동 대처 미흡에 대한 처벌을 우려해 자료를 누락시켜서 보내거나, 그나마 존재하는 자료들을 폐기할 수도 있었기 때문이다. 광역수사대원들은 사건 자료 기록실에서 사건 자료들을 하나하나 빠짐없이 살펴보았다.

날이 어두워지자 사건 자료 기록실의 전등이 켜졌다. 광역수사대원들이 확인한 사건 자료들이 책상 한쪽에 높이 쌓여 갔다.

다음 날 아침이 밝아올 때까지 증거를 찾기 위해 수많은 자료를 살펴보았다. 그들은 끝내 증거를 찾지 못하고 서류를 내려놓았다. 마지막까지 서류를 살펴보던 광역수사대원은 그것을 내려놓고 나머지 형사들을 바라보았다. 그가 고개를 가로젓자 나머지 형사들은 그것을 보고 한숨을 쉬었다.

흡연실은 두일과 조 형사의 담배 연기로 가득했다.

"김철수, 너희 쪽 용의선상에 왜 오른 거야?"

"사건 현장 근처에서 하도 어슬렁대길래 수상해서 서에 데려와서 조사해봤더니 아무것도 안 나왔어."

"근데?"

"근데 뭐 어쩌겠어? 검사가 증거불충분으로 무혐의 처분 내릴 게 뻔한 데 풀어줄 수밖에 없었지."

두일은 한숨을 내쉬었다.

"애먼 놈 데리고 뺑이 치고 있었구먼."

두일은 광역수사대 형사들과 회의실에서 대화를 나누었다. 그는 광역수사대 형사들의 얘기를 듣고 표정이 굳었다. 잠시 후 고개를 끄덕이고 건너편 조사실에 홀로 앉아 있는 철수를 바라봤다.

조사실로 들어온 두일은 철수의 맞은편에 앉았다. 그가 아무 말도 하지 않자 철수는 뭔가 잘못됐다는 것을 직감했다. 두일이 한숨을 길게 내쉬더니 이내 입을 열었다.

"전국환… 아니 강한길. 10년 전 연쇄살인 사건의 진범이 아니야."

철수는 두일의 말에 깜짝 놀랐다.

"그럴 리가요! 경찰들이 분명 그놈 증거 빼돌렸다고요! 그리고 강한길이라니? 지금 누굴 말하는 거예요?"

두일은 고개를 가로저었다.

"경찰 측에서 빼돌린 증거는 없었어. 그리고 그놈 진짜 이름은 강한길이야."

철수는 고개를 가로저었다.

"무슨 소리? 내가 자백제로…."

"자백제? 그거 정신 흐리게 만드는 마약성 약물이라 법적 증거도 안 돼."

"그럴까 봐 내가 몇 번이고 신문했어!"

두일이 콧방귀를 뀌었다.

"손발톱을 뽑아도 입을 안 여는 놈이 그 정도에 홀라당 넘어갔을 거라 생각해?"

철수는 대답하지 못했다.

"그놈 수법을 봤을 때 분명 10년 전 연쇄살인 사건 범인 맞아요. 내가 현장에서 그놈 붙잡았어."

철수의 말에 두일은 고개를 끄덕였다.

"그래. 그놈이 연쇄살인범인 건 맞아. 하지만 10년 전 연쇄살인 사건의 범인은 아니야."

"그놈 수법이 조금 달라지긴 했어도 분명 범인 맞아요!"

"나도 안타깝지만… 10년 전 연쇄살인 사건 당시에 강한길은 지방 교도소에 수감돼 있었어."

충격을 받은 철수가 자리에서 일어났다.

"말도 안 되는 소리!"

"전국환이라는 이름으로는 지문도 없고 치과 진료 기록도 없어서 신원을 알아낼 수 없었어. 그나마 다행히 과거에 저지른 강력 범죄로 범죄자 DNA 데이터베이스에 등록된 놈이라 잡아낸 거야."

철수는 고개를 가로저었다.

"수법이 그렇게 유사할 리가 없어. 범인이 아니라면 공범이거나 그놈과 아는 사이일 거야. 내 눈은 못 속여!"

"김철수, 그냥 네가 범인이라고 믿고 싶은 게 아니고?"

전에 없이 차분한 두일의 말에 정곡을 찔린 철수는 아무 말도 하지 못했다. 물론 철수의 프로파일링 실력이 수준급이란 건 두일이 가장 잘 알고 있었다. 하지만 이 사건에 있어서 만큼은 아니었다. 철수는 누구보다 깊은 사건의 관련자로, 감정에 물들어 프로파일링의 객관적인 타당성을 잃은 상태였다. 이런 상태로는 실력을 떠나 그 누구라도 제대로 된 프로파일링이 가능할 리 없었다.

"그럼 귀에 상처 내는 시그니처는?"

두일이 말을 끊었다.

"귀에 난 상처? 피해자마다 온몸에 얼마나 많은 상처가 있었는지 정말 몰라? 그건 그중에 일부일 뿐이야."

철수는 아무 대꾸도 하지 못했다. 두일이 한숨을 내쉬고 말을 이었다.

"어쩌면 네가 보고 싶은 것에만 의미를 부여했을지도 모르지. 아니면 그놈도 나처럼 10년 전 사건을 따라 했다거나."

더 이상 국환, 아니 한길이 10년 전 사건의 범인이라는 가능성을 제시하지 못한 철수는 한 걸음씩 뒤로 물러섰다.

"아니야…."

마침내 조사실 벽에 다다른 철수는 더 뒷걸음질 칠 곳이 없다는 것을 깨닫고 급히 밖으로 뛰쳐나갔다.

"철수야!"

두일이 철수의 뒤를 좇아 회의실 밖으로 뛰쳐나갔다. 그러나 그는 온데간데없이 사라졌다.

"…."

두일은 한동안 자리에 가만히 서 있었다.

정복을 입은 두일은 서울지방경찰청 대강당 단상 위로 올라갔다. 그는 서울지방경찰청장 앞에 서서 임명장을 받을 준비를 했다. 마이크를 든 사회자가 임명장의 내용을 낭독했다.

사회자의 목소리가 대강당 내부에 울렸다.

"이두일 경위는 최근 연이어 발생한 강력 범죄 사건을 해결하는 데 이바지한 공로로 이를 표창하고 일 계급 특진에 임용한다."

경찰청장이 두일에게 임명장을 수여하고 계급장을 달아주었고, 두일은 경찰청장을 향해 절도 있게 거수경례했다. 이어서 뒤돌아 대강당 객석을 향해 다시 거수경례했다. 객석에 앉아 있는 영호와 부서 형사들은 두일을 향해 열렬히 박수를 보냈다. 그들은 임명장을 받고 단상에서 내려오는 두일을 축하했다. 그런데 그토록 바랐을 승진이었음에도, 두일의 표정은 이상하리만치 굳어 있었다.

민기는 아파트 놀이터 그네에 앉아서 핸드폰을 보고 있었다. 인터넷에서는 연쇄살인 사건의 범인이 검거되었다는 뉴스로 떠들썩했다. 그때 지훈, 승우, 경찬이 나타났다.

"야 민기! 어떻게 된 거야? 그 사람 10년 전 사건 범인 아니었잖아!"

"맞아."

승우가 민기에게 따지듯 말하자 옆에 있던 경찬과 지훈이 맞장구쳤다.

"그래도 연쇄살인 사건 범인인 건 맞았잖아. 그리고 동일범일 가능성이 있다고만 했지, 확신하진 않았어."

민기의 항변에도 아이들은 여전히 여전히 실망한 표정이었다.

"전부 다 아는 듯 잘난 척하더니 틀린 건 어떻게 설명할 거야?"

지훈의 말에 민기가 한숨을 내쉬었다.

"내가 뭐 점쟁이야? 범인을 한 번에 맞추게? 범인에 가장 가까운 사람을 찾는 거지 단번에 맞출 수는 없어."

아이들이 아무 말도 하지 않자 민기는 걱정된 표정으로 바라보았다.

"그래서? 이젠 같이 수사 안 할 거야?"

민기의 물음에 아이들이 서로 바라보았다. 민기는 그들의 표정을 보고 긴장했다.

"사실 민기 너랑 같이 탐정 놀이 할 때가 제일 재밌었어."

승우가 말했다.

"나도."

"나도 그래."

지훈과 경찬이 차례로 동조했다. 민기가 아이들의 말에 웃었다. 아이들도 민기를 바라보며 웃었다.

"그럼 계속 10년 전 사건의 범인을 잡아볼까?"

"응!"

민기의 말에 아이들이 다 같이 대답했다.

태곤의 사무실은 여전히 조용했다. 그때 부하 한 명이 숨을 헐떡이면서 뛰어 들어왔다. 태곤이 물었다.

"무슨 일이야?"

"동네 고물상에서 최근에 입수했다는 연락을 받았습니다."

부하는 옆구리에 끼고 있던 노트북을 내어놓았다. 태곤은 그것을 보고 흥분했다.

"장부가 든 노트북이야?"

다른 부하가 노트북을 이리저리 살펴보았다.

"그런 것 같습니다."

"빨리 켜봐!"

부하가 전원을 누르자 노트북이 켜졌다. 태곤과 부하들은 그것을 보고 기뻐했다. 그때 노트북 도스 화면에 'No hard disk is detected!'라는 문구가 떴다.

"이거 뭐라는 거냐?"

"노 하드 디스크? 이거 하드 디스크가 없다는데요?"

"뭐? 그럼 하드 디스크는 어디 있는데?"

"그건 저도 잘…."

태곤이 부하의 머리를 때렸다.

"그게 제일 중요한 거잖아! 이 머저리들아!"

부하들은 아무 말도 하지 못했다.

아파트 분리수거장에 한 여성이 와서는 폐의약품 수거함에 약봉지를 미련 없이 넣었다. 그 약봉지에는 'PROZAC 20mg'이라는 이름이 쓰여 있었다.

가슴에 공포탄을 맞은 이후 수진은 다시 태어난 느낌이었다. 그 감각을 잊지 않기 위해 그때 맞은 공포탄 탄피를 작은 아크릴 상자에 담아서 거실 TV 선반에 전시해뒀다. 두일네는 이 탄피가 전시된 거실에서 삼겹살을 굽고 있었다.

"오늘 같은 날 외식하면 얼마나 좋아?"

집게로 고기를 굽는 수진이 불평했다.

"밖에 나가봤자 사람들만 북적이지. 이렇게 집에서 구워 먹는 게 최고야."

두일의 말에 수진은 한숨을 내쉬었다.

"특진 기념이니까 내가 한 번만 참는다."

"나도 집에서 먹는 게 좋아."

민기가 갑자기 말을 하자 두일, 수진, 예지가 놀라서 바라보았다. 예지는 뽀솜이에게 삼겹살을 잘게 잘라주었다.

"아빠, 철수 삼촌은 이제 같이 안 살아?"

예지의 물음에 두일은 철수가 생활하던 민기의 방을 잠시 바라보았다.

“철수 얘긴 꺼내지도 마. 그리고 늬들이 캐나다에 안 간다고 했으니까 이제 같이 살 방도 없어.”

예지는 아쉽다는 표정을 지었다.

“이젠 당신이 좀 구워.”

수진의 말에 두일이 고기를 굽기 시작했다.

“암튼 남편 부려먹는 덴 일등이야.”

“뭐?”

두일과 수진의 부부 싸움이 또다시 시작되었다. 예지는 그것을 보고 한숨을 내쉬며 고개를 가로저었다. 그때 두일의 핸드폰에 문자 메시지가 도착했다. 두일은 문자를 확인하고 자리에서 일어나 베란다로 갔다.

“고기 안 굽고 어디 가?”

수진이 짜증을 내며 물었지만 두일은 대답하지 않고 베란다에 놓인 애완견 집 내부를 살펴보았다. 뽀솜이 집 안의 쿠션을 들어 올리자 그 밑에 웬 하드 디스크가 놓여 있었다.

철수는 한강 둔치에 서서 핸드폰으로 두일의 가족과 함께 펜션에 놀러 가서 찍은 여행 사진을 보고 있었다. 사진들을 넘겨보면서 미소를 짓던 그때 교복을 입은 그와 누나 사진이 나타났다. 사진 속 철수와 철수의 누나는 활짝 웃고 있었다. 철수는 그 사진을 한참 바라보았다. 때마침 둔치에 도착한 두일은 사진을 보고 있는 철수를 보았다. 그것을 잠시 바라보다가 방금 막 도착한 것처럼 헛기침했다. 철수는 그 소리를 듣고 핸드폰을 황급히 주머니 속에 집어넣었다.

"용건이 뭐예요?"

"너 요즘 어디서 지내냐?"

"저도 집 있거든요? 창문값은 언제 변상하실 거예요?"

두일은 들은 척도 하지 않고 자기 할 말을 했다.

"우리 집에 들어와서 같이 살래?"

"기 쓰고 내쫓으려 할 땐 언제고?"

철수는 두일의 말을 듣고 콧방귀를 꼈지만, 표정은 나쁘지 않아 보였다.

"그땐 연쇄살인범이라 하니 당연하잖아? 내가 얼마나 무서웠는지 알아?"

"됐어요."

"방 하나 빌 거야."

"이사라도 가시게요? 빚도 산더미면서."

"아니, 내가 꽤 오래 집에 못 있을 것 같아."

"어디 출장이라도 가요?"

"생각 많이 해봤는데…."

두일이 잠시 말을 멈추자, 자연스레 철수가 그를 바라봤다.

"나, 자수하려고."

"네? 갑자기 무슨 소리예요?"

철수의 놀람과 대비되게 두일은 계속 담담해 보였다.

"애초에 내가 저지른 잘못이니 모든 걸 밝히려고."

"사고였잖아요."

"그걸 누가 어떻게 아냐고 할 땐 언제고."

"그러면 가족은 어떻게 하고요?"

"비록 과실치사긴 했지만… 철수 너처럼 법 절차에 따라 조사받으려고. 그리고 네가 있잖아."

다시 잠깐의 침묵이 흘렀다.

"이번에 전국환, 아니 강한길 잡아넣을 때, 내가 너한테 했던 말들이 계속 생각나더라. 그 상황에서 너 설득하겠다고 한 말들이긴 한데, 나도 다를 게 없더라고. 뭐가 문제인지는 이미 알고 있었어. 그냥 가족 핑계 상황 핑계 대면서 눈 감은 거뿐이지. 그래서 죗값 치르려고. 악몽도 지긋지긋하고."

철수는 알겠다는 듯 고개를 끄덕였다.

"그건 그렇고, 너 경찰 할 생각은 없냐?"

철수는 무슨 말이냐는 듯 되물었다.

"예?"

"내가 볼 때 넌 완전 경찰 체질이야. 경찰공무원 시험 준비해보는 건 어때?"

철수는 그저 웃어넘겼다.

"됐어요."

"내가 노량진 학원 알아봐줄게."

"갑자기 경찰은 무슨."

"강한길 건으로 특채도 될 거 같은데."

"아 됐다니까요!"

철수가 거부하자 두일은 다시 진중한 표정으로 말했다.

"이번에 광역 쪽 애들이랑 이야기하면서 좀 자세히 들었는데, 전국적으로 범죄 기록 데이터베이스가 구축되고 있대. 그러면 빅 데이터랑 인공지능으로 매우 작은 단서 하나만으로도 10년 전 그놈을 찾을 수 있을지도 몰라. 그놈도 계속 가만히 있을 놈은 절대 아니잖아."

두일의 말에 철수는 잠시 생각에 잠겼다. 그러다 피식 웃으며 말했다.

"또 누가 해준 말 그대로 외워 왔어요? 오늘따라 안 어울리게 달변이시네."

"그래, 광역팀장이 말해준 거 그대로 몇 번이나 외워 왔다. 너한테 말해주려고. 됐냐?"

"그 머리로 외우느라 고생 많으셨네요."

철수가 장난쳤지만 두일의 표정은 그대로였다.

"그러니까, 10년 전 사건 절대 포기하지 말자고."

철수도 이번엔 알겠다는 듯 고개를 끄덕였다. 그러고는 다시 미소를 띠며 말했다.

"그런데 이 형사님답지 않게 왜 제 걱정을 다 하십니까?"

두일 역시 피식 웃었다.

"그러게. 내가 왜 네 걱정을 다 하냐?"

두일은 무안한지 철수의 어깨를 주먹으로 가볍게 쳤다.

"뭐 지금 한번 해보자는 겁니까?"

철수 역시 두일의 어깨를 주먹으로 가볍게 쳤다.

"어쭈?"

두일과 철수는 둔치 위에서 스파링을 하며 장난쳤다. 그 모습 뒤로 드넓은 한강과 서울 도시의 풍경이 보였다.

UNDER CON
DER CONSTRUCTION
UNDER CONSTRUCTION

외전-허수아비

"그런 놈이 왜 이런 곳에 발령된 거야?"

"몰라. 중경에서 최고 성적이라는데…. 이상하긴 하지."

"면접 때 물어보니까 아무 데나 상관없다고 했다던데?"

"진급 바라는 것도 아니고, 사명감 있는 것도 아니고, 그럼 편하게 공무원 노릇 하겠다, 뭐 이런 건가?"

"암튼 요즘 것들은…."

월요일 아침 출근한 형사들은 강력팀에 지원한 신입 발령자 이야기로 하루를 시작했다. 중앙경찰학교에서 최고 성적을 받고 경기 서부 지역에 발령된 신입은 최소한의 근무 기간을 거친 뒤 강력팀 부서에 지원했다. 강력팀 형사들이 놀란 이유는 이 신입이 최고 성적을 받고도 3급서로 왔기 때문이다. 인구와 업무가 많은 1급서, 인구와 업무 모두 상대적으로 적은 2급서로 나름의 장단이 있다 한다면, 3급서는 농어촌 지역이라 신입 대부분이 기피하는 지역이었다. 그런데 최고 성적을 받았다는 신입이 서해 갯벌이 바로 보이는 경기도 서쪽 끝으로 온 것이다.

강력팀 부서로 한 젊은 남성이 들어오자 형사들의 시선이 쏠렸다. 부서 한가운데 선 그는 형사들을 향해 거수경례했다.

"경장 김철수. 오늘부로 형사과 강력팀에 배속을 명 받았습니다."

절도 있는 철수의 인사를 본 강력팀 형사들의 반응은 미적지근했다. 팀장이 자리에서 일어나서 철수와 악수했다.

"그래. 저기 빈자리 가서 앉고, 다 왔으면 회의 시작하지."

팀장의 말에 형사들은 하나둘씩 자리에 앉았다.

"이번 무령도 사건 조사는 누가 맡기로 했어?"

팀장의 물음에 형사들은 일제히 눈길을 피하며 입을 다물었다. 팀장이 지친 표정으로 다시 입을 때려 할 때, 신입, 아니 철수가 손을 들어올렸다.

"제가 가봐도 되겠습니까?"

배속 신고 때와 달리 형사들은 너스레 떨기 시작했다.

"이야. 역시 신입이야."

"처음 볼 때부터 뭔가 다른 놈이라 생각했어."

"우리 팀에 복덩이가 들어왔네."

팀장이 깊게 한숨을 내쉬었다.

"어휴, 이놈들아… 그래도 그렇지. 갓 들어온 신입을 혼자 보내는 건 좀 그렇잖아?"

팀장의 은근한 비난에 부서는 또다시 조용해졌다.

"미안한데 어쩔 수 없다, 한 명 안 나오면 내가 뽑을게."

형사들은 또다시 눈길을 피하기 시작했다. 그때 팀장의 시선이 한곳에서 멈추었다.

"야, 진오야. 최진오."

형사들이 전부 뒤돌아봤다. 창가 구석에 의자를 뒤로 젖힌 채 얼굴에 신문지를 덮고 있는 한 남성이 있었다.

"야!"

팀장의 외침에 그는 잠에서 깼다. 신문지를 치우자 며칠째 깎지 않은 수염과 감지 않아서 헝클어진 머리가 보였다.

"미안한데 신입이랑 무령도 좀 다녀와야겠다."

팀장의 지시에 진오가 한숨을 내쉬었다.

"아 팀장님, 내가 짬이 얼만데. 그런 건 애들 시켜요."

"미끼값도 벌고 낚시하러 갔다 오라는 거지."

단순한 미끼였지만 효과는 확실했다.

"옛썰! 제가 신입이랑 다녀오겠습니다."

진오는 힘찬 목소리로 대답했다.

"역시 너밖에 없다."

"역시 선배님이십니다."

"그동안 선배님 업무는 제가 처리하겠습니다."

"선배님. 여기 커피."

형사들의 말에 진오가 콧방귀를 뀌었다.

"누가 그런 거에 넘어갈 줄 아나?"

부서는 또다시 조용해지고 팀장이 헛기침하자, 진오가 한숨을 내쉬며 말했다.

"출장비나 잘 챙겨주십쇼."

"그래, 그래. 진오야 잘 부탁한다."

자리에서 일어난 진오는 부서 형사들을 바라보고 '쯧쯧'하며 혀를 찼다.

"어이구. 신입한테 좋은 거 보여준다."

형사들은 찔리는지 아무 말도 하지 못했다. 철수는 부서 밖으로 나가는 진오의 뒷모습을 말없이 바라보았다.

일과가 끝나자 형사들은 퇴근했다. 무식하게 막걸리를 퍼마시는 신고식 같은 건 없었다.

다음 날 아침. 철수는 포구에 도착했다. 소금기를 머금은 바다 냄새와 부둣가의 생선 냄새가 코를 찔렀다. 전날 진오와 포구에서 다섯 시에 만나기로 했지만, 철수는 그가 정시에 도착하지 않을 거라 확신했다. 그래도 신입 입장에서 따라 늦을 수는 없어 정시에 맞춰 도착했다. 그런데 의외로 저 멀리서 그리 낯설지 않은 얼굴이 보였다. 먼저 도착한 진오는 계선주에 앉아서 담배를 피우고 있었다.

"왔어?"

진오는 어깨에 낚시 가방을 메고 있었다. 철수가 정말 낚시나 하러 갈 셈이냐는 표정을 짓자, 그 속마음을 읽기라도 한 듯 진오가 말했다.

"언더커버 인마. 위장 수사 몰라?"

철수는 마지못해 고개를 끄덕였다. 진오 뒤에는 작은 고깃배가 정박해 있었고, 우현 앞쪽에는 '비원'이라는 이름이 쓰여 있었다.

"잠 좀 잤냐?"

"네."

"난 잘 못 잤어."

"왜 못 주무셨습니까?"

진오는 담배꽁초를 바닥에 비벼 껐다.

"궁금해서."

"네?"

"무령도에서 신고 받은 첫 사건이야."

철수는 의외라고 생각했다. 다른 점보다 진오가 사건에 전혀 관심 없어 보였기 때문이다.

"근데 이제까지 사건이 없지는 않았을 거란 말이지."

철수가 고개를 끄덕였다.

"그러니까 도대체 무슨 일인지 궁금해서 미칠 지경이야."

'비원'이 무령도로 향했다. 무령도는 서의 관할이기는 하지만 멀리 떨어져 있는 서해의 작은 섬이었다. 그런 탓에 배로도 꽤 오랜 시간이 걸렸다. 먹구름이 낀 하늘에서는 금방이라도 비가 내릴 것만 같았다. 햇빛은 구름에 가려 있었으며, 6시도 안 된 시각이라 주위는 어둡고 날씨 역시 제법 쌀쌀했다.

출발하고 꽤 오랜 시간이 흐르자 빗방울이 떨어지기 시작했다. 다행히 빗줄기가 굵어지진 않았다. 하지만 파도는 갑판까지 침범할 정도로 거칠어졌다. 가끔 너울에 가까운 파도도 쳐서 보는 이의 오금을 저리게 했다. 드넓은 바다 위에서 작은 고깃배는 끊임없이 요동쳤지만 바다낚시로 단련된 진오는 아무렇지 않은 듯 덤덤한 표정이었다. 그에 반해 바다에 익숙지 않은 철수는 하얗게 질려 있었다.

철수는 뱃멀미와 시커먼 하늘 탓에 시간이 얼마나 흘렀는지도 몰랐다. 그때 즈음 저 멀리 무령도의 거무스름한 형체가 조금씩 보이기 시작했다. 섬 주변에는 해무가 자욱하게 깔려 있어서 섬의 크기를 제대로 가늠하기가 쉽지 않았다. 배가 가까이 다가가서야 그 모습이 서서히 드러났다. 가까이에서 보니 꽤 큰 섬이었다.

배가 선착장에 정박하자 70대의 나이든 남성과 비교적 젊은 30대의 남성이 서 있었다. 젊은 남성의 표정은 다소 어두웠다. 철수는 그들의 외모가 판이해 부자 관계는 아닐 거라 짐작했다.

"허허, 먼 길 오시느라 고생 많으셨습니다. 전 이 섬의 이장입니다."

"진상태입니다."

이장과 남성이 인사했다.

"안녕하세요."

"안녕하십니까."

철수와 진오가 차례로 인사했다.

"이쪽으로 오시죠."

이장은 마을로 안내했다. 그때 배가 선착장에서 떠나는 소리가 들렸다. 철수가 고개를 돌려 떠나는 배를 봤다. 이장이 그것을 보고 말했다.

"저희 집에 전화가 있으니 떠나기 몇 시간 전에 말씀해주시면 됩니다."

선착장에 난 길을 따라 섬 안쪽으로 들어가니 작은 마을이 나타났다. 다 해서 열 가구가 채 안 되는 것 같았다. 철수가 보기에 섬의 인구는 아무리 많아야 서른 명이 되지 않을 것 같았다.

"섬에는 몇 사람이 살고 있죠?"

진오 역시 철수와 같은 생각을 했는지 이장에게 질문했다.

"일곱 가구 정도 됩니다. 원래는 더 있었지만 모두 섬에서 떠났지요."

잠시 후 어느 빈집에 도착했다. 이장이 문을 열고 빈집 내부를 보여주었다.

"섬에서 머무르는 동안 이곳을 쓰세요. 어제 제 아내가 깨끗이 청소해뒀으니 편히 쉬시고요."

철수와 진오가 방으로 들어가서 손에 들고 있던 짐들을 내려놓았다. 이장의 말대로 방은 깨끗하게 청소돼 있었다. 한쪽에는 침구류가 놓여 있었다. 진오는 핸드폰을 꺼냈다. 화면 상태 표시줄의 수신 감도를 나타내는 막대기 모양 수치에는 신호가 하나도 차 있지 않았으며, 그 위에는 조그맣게 엑스 표시가 돼 있었다. 데이터 수신은 말할 것도 없었다. 멀리 떨어진 섬이라 핸드폰은 무용지물이었다. 그것을 본 진오는 앓는 소리를 내며 바닥에 드러누웠다. 철수가 밖으로 나가려 했다.

"어디 가게?"

"선배님은 쉬고 계십쇼. 전 좀 둘러보고 오겠습니다."

진오가 느릿느릿 자리에서 일어났다.

"그러면 내가 어디 '네, 후배님 잘 다녀오십쇼' 이러고 편히 쉴 수 있겠냐? 신입이라 그런가 파이팅이 넘치네."

진오가 먼저 나가자, 철수가 그 뒷모습을 보고 묘한 표정을 지으며 뒤따랐다.

철수와 진오가 마을을 돌아보던 그때 이장과 상태가 다가왔다.

"따라오시죠."

이장의 말에 철수와 진오는 그의 뒤를 따라갔다.

이장은 말없이 앞서 걸어갔다. 그 뒤를 따라 상태와 철수,

진오가 걸어갔다. 이장이 아무 말 없이 안내하는 것으로 보아 단순한 섬 구경은 아닌 게 분명했다. 해안가의 길을 따라 섬 반대편으로 이동했는데, 어림잡아 이삼십 분 정도 걸렸다. 그렇다면 성인 걸음 기준으로 4, 50분이면 섬 전체를 둘러볼 수 있을 것 같았다.

잠시 후 섬 뒤편에 도착했다. 그곳에는 해안 절벽이 있었다. 해안 절벽은 파도에 깎여서 암석의 단면이 드러나 있었다. 상태가 손가락으로 절벽 위쪽을 가리켰다.

"저깁니다."

철수와 진오는 그가 가리키는 곳을 바라보았다.

"저기서 아내가 몸을 던졌습니다."

상태는 자기 아내의 죽음을 이야기하는 것치고는 지나치게 담담해 보였다.

"아내의 시신은 절벽 밑 바다에서 발견됐습니다. 절벽 밑 조류 덕에 시신이 안 떠내려갔죠."

철수는 이번 사건 조사 목적이 그녀의 죽음이 타살인지 자살인지 밝혀내는 거라 추측했다. 자살인지 타살인지는 시신을 부검해 봐야 아는 일이겠지만, 사망자는 해안 절벽에서 떨어졌기 때문에 누가 뒤에서 밀었는지 아니면 스스로 뛰어내렸는지 알 수 없을 것이었다. 그 결과는 부검으로도 나올 리 없었다. 그나마 절벽 위에서 실랑이가 있었다면 그 과정에서 여성의 신체에 방어 흔적이 남아 있을 수도 있었다.

"시신은 어떻게 됐죠?"

진오의 물음에 이장이 대답했다.

"이미 장례를 치러서 매장했습니다. 조만간 육지로 나가서 사망신고할 예정입니다."

철수는 이런 사건 같은 경우에는 제일 먼저 남편의 알리바이를 들어보는 게 우선이라 생각했다.

"그런데 아기가 사라졌습니다."

상태의 말에 철수가 되물었다.

"아기요?"

"네."

집에 있는 한 살 배기가 스스로 걷지는 못할 테니 누군가 데려간 것이 분명했다. 그러한 범행을 저지를 수 있는 사람은 대개 가까이 있는 면식범일 가능성이 컸다. 문제는 아기가 이런 작은 섬에서 왜 사라진 것이며, 누가 그런 짓을 저질렀는지 범행 동기를 밝혀내는 일이었다. 이 섬의 인구야 몇 명밖에 되지 않으니 서로의 속사정까지 전부 알고 있을 터였다. 그 말인즉슨 이 섬의 모든 이가 용의선상에 오를 수 있다는 것이었다. 눈앞에 있는 이장과 상태 역시 예외가 아니였다.

진오가 물었다.

"그 사이에 저희처럼 외지인이 들어온 적이 있습니까?"

"지난 몇 개월간 섬을 찾은 사람은 아무도 없습니다."

이장의 대답에 잠시 침묵이 흘렀다. 아기 엄마의 죽음이 석연찮았다. 갓 태어난 아기를 두고 엄마가 투신하는 일은 결코 상식적이지 않다. 물론 산후 우울증으로 자살에 이르는 경우도 있지만, 어디까지나 극단적인 경우였다. 철수가 조심스럽게 물었다.

"아내 분이 왜 스스로 몸을 던지셨을까요?"

"그건… 저도 모르겠습니다."

상태의 표정이 어두워졌다. 철수는 다시 조심스럽게 물었다.

"이런 질문은 죄송하지만, 혹시 아기를 안고 뛰어내리진 않았을까요?"

산후 우울증으로 자살하는 산모의 경우 자식을 소유물로 여기고 함께 뛰어내리거나 심지어 살해하는 경우도 없지 않았다.

"그럴 수도 있겠지만 아기의 시신은 발견하지 못했습니다. 머구리 잠수복을 입고 바닷속까지 전부 뒤져 보았지만 없었어요."

철수는 그 대답에 귀 기울이기보단 상태의 표정에 더 집중했다. 그때 이장이 입을 열었다.

"저희도 한 살 배기 아기라 바다에 떠내려갔을 수도 있다고 생각했습니다. 그런데 재천이라고 마을 주민 중 한 명이 어디선가 들려오는 아기 울음소리를 들었다고 합니다."

진오가 물었다.

"그게 언제였죠?"

"아기 엄마가 죽고 나서였답니다. 비가 오는 한밤중에 뒷간에 가려다가 웬 아기 울음이 들려서 멈춰 섰는데, 그러다 더 이상 들리지 않았답니다."

어느덧 점심 식사 시간이 되었다. 철수와 진오, 그리고 이장과 상태는 다시 마을로 돌아왔다. 점심은 이장의 집에서 먹었다. 철수는 상태 맞은편에 앉아서 식사했다. 상태는 밥을 먹는 둥 마는 둥 했다. 이장 부인의 음식 솜씨는 나쁘지 않았지만 철수는 상태의 눈치와 함께 머릿속이 복잡해 음식에 손이 가지 않았다. 그에 반해 진오는 눈치란 게 없는지 주변은 아랑곳하지도 않고 수저를 놀렸다.

집 안쪽 부엌에서는 이장의 부인과 아들이 겸상하고 있었다. 이장의 아들은 20대 초반의 나이로 보였는데, 그는 경계하는 눈빛으로 철수와 진오를 힐긋거렸다. 철수는 그의 시선을 느꼈지만 그곳을 바라보지 않고 점심을 먹기만 했다. 진오도 시선을 느꼈는지 젓가락질을 멈추고 부엌을 바라보았다. 그러자 이장의 아들은 황급히 눈을 내리깔았다. 다시 진오의 밥을 먹는 소리만 울렸다. 마당에 있는 누렁이도 짖지 않고 개 밥그릇에 머리만 파묻었다.

철수는 점심을 먹고서 마을 사람들을 대상으로 알리바이를 조사하고자 했다. 사실 이장이나 상태 역시 어느 정도 의심 가는 사람이 있겠지만 입 밖으로 내지는 않았다. 그 이유는 철수도 알 법했다. 이런 작은 섬에서 의심은 공동체의 붕괴를 부를 수도 있기 때문이다.

그렇다면 누가, 왜 신고한 것일까? 사람들이 모여 살면 크고 작은 일들이 벌어지기 마련이다. 그러니 이 섬에서 발생한 첫 사건일 리는 없었다. 공권력이 닿지 않는 촌락에는 그 촌락의 공동체를 유지하는 그들만의 법, 촌법이 존재한다. 그런데 왜 이번 사건은 외부의 공권력에 기대려 했는지가 문제의 핵심이었다. 이것이 바로 진오가 잠을 못자며 궁금해한 이유인 동시에 철수의 의문점이기도 했다.

점심 식사가 끝나자 철수와 진오는 마을을 둘러보았다. 섬에는 일곱 가구가 산다고 했으니 이장과 상태의 집을 제외하면 다섯 가구만 남은 셈이었다.

철수와 진오가 첫 번째로 들른 집은 60, 70대로 보이는 노부부가 사는 집이었다. 철수와 진오는 굳이 그들에게 경찰이라고 신분을 밝히지 않았다. 그저 낚시하러 온 외지인으로 소개했다. 노부부 역시 철수와 진오에게 크게 관심이 없어 보였다. 진오가 시답잖은 잡설을 나누는 동안 철수는 집을 둘러보았다. 그들에게 수사한다는 인상을 주지 않기 위해 철수는 섬의 주거 방식에 관심 있는 척했다. 안주인은 섬은 흐리고 비가 오는 날이 많기 때문에 습기가 차고 곰팡이가 많이 슨다고 했다. 그것을 막기 위해 집의 창을 앞뒤로 내어서 바람이 통과하도록 한다고 했다. 그들은 철수와 진오의 물음에 친절하게 답해주었다.

노부부의 집에서 나와서 두 번째로 들른 집은 첫 번째 집에서 조금 떨어진 곳이었다. 옆에도 한 채가 있었지만, 순차적으로 방문한다면 의심을 살 것이기에 방문 순서를 조정했다.

두 번째로 들른 집에는 10대 소녀로 보이는 여자아이가 있었다. 철수는 그 아이를 보고 학교를 가야 할 시간에 왜 집에 있는 건지 의아했다. 그러고 보니 섬에서 아이를 보는 건 처음이었다. 아이가 이 시간에 집에 있는 것을 보아 섬에는 학교도 없는 것 같았다.

여자아이는 아픈 아버지를 간호하고 있었다. 아이의 아버지는 이부자리에 누워 있었는데, 상태가 중해 보였다. 여자아이 말로는 육지의 큰 병원에서 검사를 받아봤지만 결과가 좋지 않아서 다시 섬으로 돌아왔다고 했다.

철수와 진오가 세 번째로 들른 집은 역시 소녀의 집에서 조금 떨어진 곳이었다. 그곳에는 70대로 보이는 남성이 살고 있었다. 남성은 치매에 걸렸는지 횡설수설했다. 그는 베트남전에 참전해서 베트콩들을 사살한 얘기를 반복해서 했다. 상의는 낡은 군복을 입고 있었는데, 가슴에는 유재천이라는 명찰을 달고 있었다. 철수는 한밤중에 갓난아기의 울음소리를 들었다는 마을 주민이 바로 이 남성이라는 것을 알게 되었다.

네 번째로 찾아간 집은 첫 번째 집 옆집이었다. 그곳에는 아무도 없었다. 나무 울타리 밖에서 집을 둘러보니 물건들이 아무렇게 쌓여 있었다. 철수는 그것을 보고 혼자 사는 사람의 집일 거라 추측했다. 철수와 진오는 십여 분 동안 기다리다가 다른 곳으로 가려 했다. 그때 30대 후반에서 40대 초반으로 보이는 한 남성이 나타났다. 남성은 한 손에 도끼를, 등에는 지게를 지고 있었다. 지게에는 땔감용 나무들이 있었다. 남성은 경계하는 눈빛으로 자신의 집 앞에서 무엇을 하는지 물었다. 진오는 낚시를 하러 왔다고 대답하자 남성은 낚시하러 왔는데 왜 여기 있는 거냐고 다시 물었다. 남성의 날 선 태도에 철수와 진오는 더 얻을 수 있는 정보가 없을 거라 판단하고 자리에서 떠났다.

철수와 진오는 마지막 다섯 번째 집에 도착했다. 그곳은 두 번째 방문했던 소녀의 집과 가까이 있었다. 그곳에는 30대 남성과 일곱 살 정도 돼 보이는 남자아이가 있었는데, 남자아이는 철수와 진오에게 호기심을 가졌다. 남성의 집은 육지에 있으며 아이와 여행 겸 잠시 고향에 왔고, 아이 엄마는 일 때문에 같이 못 왔다고 했다. 그들은 일주일 후에 섬에서 떠날 예정이라고 했다.

다섯 집을 모두 방문하고 나니 어느덧 해가 뉘엿뉘엿 넘어갔다. 철수와 진오는 저녁 식사를 하기 위해 이장의 집에 도착했다. 상태는 보이지 않았다. 이장 부인이 저녁 식사 상을 내오자 철수와 진오, 그리고 이장은 마루에 앉아 밥을 먹었다. 이장 부인과 그녀의 아들은 역시 부엌에서 식사했다. 식사하는 동안 아무 말도 하지 않았다. 철수는 그 침묵이 어색하게 느껴졌지만 진오는 이번에도 밥을 먹느라 정신이 없었다. 이장이 먼저 입을 열었다.

"섬은 잘 둘러보셨습니까?"

진오가 고개를 끄덕이며 대답했다.

"네. 섬에 있는 모든 분이 친절하게 대해주시더군요."

대화는 곧 끊겼고 또다시 침묵과 함께 식사를 이었다.

저녁 식사가 끝나자 철수와 진오는 거처로 돌아갔다. 섬에는 가로등이 없었기에 주위는 칠흑 같이 어두웠다. 다행히 거처에는 백열전구가 있었다. 철수가 스위치를 눌러보니 빛이 들어왔다. 폐가인데도 전기가 끊기지 않고 들어온다는 것은 섬 내부에 발전기가 있을 거라 추측됐다.

진오는 이부자리에 누웠다. 철수는 벽에 등을 기대앉았다.

"안 자게?"

"네. 혹시 모르니 불침번 서려구요. 선배님 먼저 주무십쇼. 제가 새벽 3시쯤에 깨우겠습니다."

"그래."

진오는 곧바로 곯아떨어졌다. 철수는 범인이 누구일지 곰곰이 생각해봤다. 사망 사건이 발생했는데도 섬 사람들은 크게 동요하지 않는 것 같았다. 사실 외지인에게 알려서 좋은 사건은 아니었다. 그래도 저마다 사건을 의식하고 있을 거라 생각했다. 누가 그랬는지에 대해서도 분명 의심하고 있을 것이었다. 머리가 복잡한 철수는 자리에서 일어나서 밖으로 나갔다. 차가운 밤바람이라도 맞으며 걸으면 더 나은 생각이 떠오를지도 모른다고 생각했다.

철수는 섬에 난 길을 따라 걸었다. 밤눈은 어느 정도 밝아서 달빛만으로 충분히 전방 식별이 가능했다. 대부분의 집에는 전등이 꺼져 있었지만 한 채의 집에는 켜져 있었다. 그 집은 네 번째로 찾아갔던 남성의 집이었다. 그곳에서 대화 소리가 들려오자 철수는 본의 아니게 엿들었다.

"칠복이 자네 때문에 이게 무슨 난린가?"

이장의 목소리였다.

"저 아니라니까요."

"자네 말고 누가 있겠나? 만섭이도 아니라 그러고."

"슬아가 사라진 건 저도 정말 미치겠어요. 근데 제가 신고한 거 절대 아닙니다."

"그럼 도대체 누구란 말인가?"

이장의 한숨 소리가 들렸다.

"일단 알겠네. 육지 것들 앞에서는 입조심하게."

"네."

이장이 나오는 소리에 철수는 황급히 자리에서 이동하려

했다. 그때 이장 집에 있던 누렁이가 격렬히 짖어댔다. 그 소리에 이장과 남성이 급히 밖으로 뛰쳐나왔다. 철수는 그들에게 잡히면 무슨 일이 벌어질지 모른다는 생각에 있는 힘을 다해 달렸다. 누군가 쫓아오는 소리가 들렸고, 그 소리는 빠른 속도로 다가왔다. 앞만 보고 달리던 철수는 무엇에 걸려서 자리에 넘어졌다.

"밖에서는 좀 달렸겠지만 여기선 안 되지."

이장 아들이었다. 잠시 후 이장과 칠복이 도착했다. 그들에게 둘러싸인 철수는 아무 말도 하지 못했다.

"어디까지 들었나?"

이장의 물음에 철수는 역시 대답하지 않았다. 이장 아들은 근처에 있던 돌을 주워들었다.

"처리할까요?"

이장이 고개를 끄덕였다.

이장 아들이 돌을 높이 치켜들었다. 자리에 넘어져서 아무것도 할 수 없었던 철수는 눈을 질끈 감았다.

"거기까지 하시죠."

남성의 목소리가 들렸다. 모두의 시선이 목소리가 들려온 방향을 향해 집중되었다. 어둠 속에서 누군가 나타났다. 진오였다. 진오를 보고 이장 아들이 이죽거렸다.

"둘이선 안 될 텐데?"

진오가 주머니에서 M60 리볼버를 꺼내 보여주었다.

"저희라고 빈손으로 왔겠습니까?"

그것을 본 이장 아들은 더 이상 이죽거리지 못했다. 이장이 나섰다.

"진정들 하지."

이 말에도 진오는 여전히 손에 권총을 쥐고 있었다.

"허허, 형사님 말대로 이쯤하시게."

한껏 누그러진 이장의 말에 이장의 아들이 먼저 손에 들고 있던 돌덩이를 바닥에 떨어뜨렸다. 진오는 그 모습을 보고서야 권총을 집어넣었다. 철수도 그 틈에 엉덩이를 털며 일어났다.

"뭐가 어떻게 된 거야?"

진오의 물음에 철수가 말했다.

"이분들이 뭔가를 알고 있더군요."

진오가 이장을 바라보았다.

"이장님, 이제 슬슬 저희가 알아야 하는 걸 말씀해주셔야 할 것 같습니다."

"뭐가 어떻게 된 건지는 우리도 모르오. 우리도 사라진 아기를 찾고 싶을 뿐이지."

진오는 생각에 잠겼다.

"그럼 일단 여기 계신 분들은 모른단 말씀이시군요. 그런데 저희도 빈손으로 돌아갈 순 없지 않겠습니까?"

이장과 이장 아들이 느릿느릿 고개를 끄덕였다. 그때 칠복이 나섰다.

"서희."

"네?"

"서희가 데려간 게 분명해요."

철수와 진오는 두 번째로 방문했던 집을 떠올렸다. 병든 아버지를 극진히 간호하던 소녀였다.

"그 아이가 갓난아기를 데려갈 이유라도 있습니까?"

철수의 물음에 칠복은 잠시 주저하더니 입을 열었다.

"혹시 불치병을 고치기 위해 갓난쟁이를 먹는단 얘기 몰라요?"

철수와 진오는 칠복의 말에 깜짝 놀랐다. 도저히 믿을 수 없는 말이었다. 철수는 조선시대에 특효약이 될 수 있다는 그릇된 믿음으로 소아를 살해해서 장기를 빼먹었다는 기록을 책에서 본 적이 있었다. 설마 오늘날에도 그런 속설을 믿고 있는 사람이 있다는 사실을 도저히 믿기 어려웠지만, 한편으로 오늘 살핀 무령도를 보자면 그런 믿음이 어쩌면 무리가 아닐 수도 있다는 생각도 동시에 들었다.

"어허 칠복이 또 그 소린가!"

이장의 질책에 칠복이 아닌 철수가 정신을 차렸다.

"방금 말은 못 들은 걸로 해주시게."

"그럼 누가 슬아를 데려갔단 말입니까? 이곳에서 그 애 말고 데려갈 사람은 아무도 없습니다!"

이장이 대답 대신 눈을 부라리자 칠복은 눈을 내리깔았다. 철수는 아이의 아버지도 아닌 다른 남성이 왜 그런 의심을 할 정도로 갓난아기에게 집착하는지 궁금했다.

철수와 진오는 거처로 돌아왔다. 그들은 아무 말도 하지 않았다. 잠이 올 리는 없었다. 철수는 이장과 칠복이라는 남성이 했던 대화를 떠올려 보았다. 그들 역시 신고한 인물을 모르고 있는 것으로 보아 이번에도 자체적으로 사건을 처리하려 한 것 같았다. 형사들 앞에서 입조심 하라는 이장의 말은 소녀가 저지른 행동에 대한 것인지 아니면 그들이 또 다른 뭔가를 감추고 있는 것인지 알 수 없었다. 여전히 그들에 대한 의심을 놓을 수 없었다. 이런 저런 생각을 하다 보니 시간이 흘렀고, 잠시 후 여명이 밝아왔다.

오늘은 진오가 먼저 자리에서 일어났다.

"일단 나가자."

외투를 챙겨서 거처에서 나온 철수와 진오는 섬을 둘러보았다. 날씨는 여전히 흐릿했다. 섬이라 그런지 해풍이 많이 불어서 쌀쌀했다. 철수와 진오는 해안에 나 있는 길을 따라 걸어서 섬 뒤편에 도착했다. 어제 보았던 절벽을 잠시 살펴보다가 마을로 돌아왔다. 이번에는 반대편 길을 따라 출발했던 곳에 도착했다.

진오는 섬 한가운데 있는 산을 올려다보더니 그곳으로 향했다. 그것을 본 철수는 뒤따라갔다. 산이라고 해봐야 언덕 정도였는데 오르는 데는 십 분도 걸리지 않았지만, 꽤 가팔라서 정상에 도착하고 나니 숨이 찼다. 산 정상에서 마을 전경이 한눈에 들어왔다. 여자아이의 집은 실종된 아기의 집 바로 옆이었다. 짧은 시간 안에 다른 사람들에게 들키지 않고 범행을 저지를 수 있는 충분한 거리였다.

철수와 진오는 다시 거처로 돌아갔다. 철수는 여자아이에게서 어떻게 이야기를 들을 수 있을지 고민했다. 과거 한길의 자백을 이끌어내기 위해 갖은 수를 다 써 보았지만 실패한 경험이 있었기에 쉽지 않을 거라 생각했다. 더군다나 이곳에는 CCTV도 없었으며, 목격자도 없었기에 의심만으로 신문해야 하는 상황이었다. 진오는 담배를 피우며 바다를 바라보았다.

"어떻게 생각해?"

"믿기 어려운 말이지만 가능성이 아예 없지도 않아요. 그 남성도 근거 없는 의심만으로 그런 말을 한 건 아니겠죠. 여자아이의 행동이 평소와 달라졌다든가 뭔가를 느껴서 그런 말을 하지 않았을까요?"

철수는 생각에 잠겼다. 꽤 시간이 흐르자 진오가 자리에서 일어났다.

"어디 가시게요?"

"여기 있어 봐야 답도 안 나오고, 그 집으로 가보자."

철수와 진오는 소녀의 집에 도착했다. 서희는 철수와 진오를 보고도 경계심을 내비치지 않았다. 철수는 서희의 순진무구한 표정을 보고 정말 그런 끔찍한 짓을 저질렀는지 의구심이 들었다. 그런 끔찍한 짓을 저지른 것 치고는 그 얼굴에서 어떤 죄책감도 느껴지지 않았기 때문이다. 철수는 서희의 얼굴 표정이 누군가와 비슷하다고 생각했다. 한 인물이 머릿속에 떠올랐다.

강력팀에 지원하기 위해서는 지구대에 발령 받아 최소한의 근무 기간을 거쳐야 했다. 철수는 그 기간 동안 주말마다 한길을 보러 면회를 갔다. 무기징역을 받고 교도소에 갇힌 그가 본인이 저지른 범죄에 대해 죄의식을 느끼거나 교화되는 이상적인 결과는 전혀 기대하지 않았다. 그저 교도소에 갇힌 그를 바라보며 결국 이긴 것은 자신이라고 보여주고 싶었다.

한길은 철수의 면회 신청을 거절했다. 그러다 반년이 흐른 어느 날 뜬금없이 철수의 면회에 응했다. 철수는 한길이 웬일로 자신의 면회에 응했는지 궁금했다.

면회실로 들어가기 전 교도관은 철수에게 두툼한 A4 용지 한 묶음을 보여줬다. 두꺼운 책 한 권 분량 정도였다. 철수는 그것이 무엇인지 궁금한 표정으로 바라보았다. 거기에는 검은색 볼펜으로 글이 쓰여 있었는데, 글씨는 정자체로 자로 잰 듯 빽빽하게 정렬돼 있었다. 그런 글씨가 수백 페이지에 걸쳐서 끝없이 이어졌다. 언뜻 보면 타자기로 작성했나 착각할 정도였다.

"강한길 사방에서 발견된 겁니다. 책으로 낼 생각이었나봅니다."

교도관이 알려주었다. 그 수기에는 한길이 저지른 범행이 세세하게 적혀 있었다. 범죄 르포 기자가 아무리 생생하게 취재한다 할지라도 본인이 직접 범행을 저지르고 느낀 것 이상으로 생생할 수는 없을 것이었다.

"물어보니 인세를 아들에게 주고 싶었다나요? 어떤 미친

곳에서 연쇄살인범의 수기를 책으로 내주겠습니까?"

철수는 의외라고 생각했다. 연쇄살인범의 부정이라니. 자신의 가족은 끔찍이 생각하면서 피해자 가족을 전혀 생각하지 않고 아들에게 줄 인세까지 생각한 그가 교도소에서 참회하고 죄의식을 느끼는 것은 절대 불가능했다. 철수는 간신히 억눌렀던 분노가 다시 치밀어 오르는 것을 느꼈다.

면회실로 들어온 철수는 의자에 앉아 기다렸다. 잠시 후 한길이 교도관에 연행되어 들어왔다. 철수는 아크릴 창 너머에 있는 한길을 말없이 바라보았다.

"그걸 책으로 낼 수 있을 거라 기대했나? 피해자 가족들이 가만히 있을 거라 생각했어?"

한길은 아무 대답도 하지 않고 무표정하게 바라보았다.

"그나저나 일절 내 면회에 응하지 않다가 웬일로 나타나셨는지 궁금하군."

"그냥. 심심해서. 여긴 따분해 죽겠단 말이야. 그럼 뭐가 있겠어? 너 놀리는 재미밖에 더 있겠어?"

철수는 빈정대는 한길의 얼굴에 주먹을 날리고 싶은 심정이었으나 차마 그럴 수 없었다. 한길은 철수를 보고 비웃었다. 잠시 후 그는 다시 무표정한 얼굴로 물었다.

"그러는 넌 왜 내게 면회를 신청했지?"

"사이코패스는 절대 죄의식을 느끼지 않는다는 걸 내 두 눈으로 똑똑히 확인하고 싶어서."

철수는 서희의 인사에 과거의 기억에서 되돌아왔다.

"여기 앉으세요."

철수와 진오는 마루에 걸터앉았다. 서희의 아버지는 여전히 이부자리에 누워 있었다. 상태가 더 안 좋아졌는지 의식을 차리지 못하는 상태였다. 잠시 후 서희가 찻잔에 차를 따라서 가져왔다.

"결명자차예요."

진오가 물었다.

"올해 몇 살이니?"

"열세 살이에요."

철수는 성인이라고 해도 믿을 법한 아이의 나이가 의외로 어리자 속으로 놀랐다. 진오는 계속 물었다.

"그럼 학교는 안 다니니?"

"아버지를 돌봐야 해서요."

대답을 들은 진오가 입을 다물었다.

"혹시 옆집 여성이 죽은 걸 알고 있니?"

철수가 다짜고짜 묻자 진오는 마시던 차를 내뿜었다. 철수는 죽음을 직접적으로 언급함으로써 서희의 죄책감을 자극하려 했다. 사람들은 미묘하게나마 얼굴에 반응이 나타나기 때문에 그것을 포착하면 혐의가 있다는 것을 의심할 수 있었다.

"네."

철수는 서희가 대답할 때의 표정을 주시했다. 그러나 서희의 표정엔 어떤 변화도 없었다.

"그럼 그 집에 아기가 있던 것도 알겠네?"

철수의 물음에 서희는 이번에도 표정 변화가 없었다.

"네."

이번에는 진오가 물었다.

"그럼 그 아기가 사라진 것도 알고 있니?"

"아니요."

서희는 여전히 무표정한 얼굴로 답했다. 철수와 진오는 갓난아기에 대해 더 묻지 않고 이런저런 얘기를 하다가 그곳에서 나왔다.

"이제 어떡하지?"

진오의 물음에 철수는 잠시 생각에 잠겼다.

"좀 더 지켜보죠."

철수가 어디론가 향하자 진오는 그 뒤를 따라갔다.

철수와 진오는 산 중턱에서 마을을 내려다보았다. 시간이 꽤 흘렀지만 서희는 집에서 나올 기미가 없었다. 결국 철수와 진오는 산 밑으로 내려갔다.

이장은 철수와 진오를 보고 무슨 일인지 궁금한 표정으로 바라보았다. 철수가 말했다.

"이장님께서 아이를 집 밖으로 불러내 주시면 저희가 그때 집을 수색해보겠습니다."

"알겠소."

이장은 소녀의 집으로 들어갔다. 철수와 진오는 멀리서 지켜보았다. 이장이 부르자 서희는 다소 경직된 태도로 그와 함께 어디론가 사라졌다. 그것을 본 철수와 진오는 급히 소녀의 집으로 들어갔다.

철수는 부엌 아궁이와 솥 내부를 살펴보았다. 불쏘시개로 쓰는 나뭇가지로 아궁이를 헤집어 보았지만 그 안에서는 어떤 것도 발견할 수 없었다. 솥 안도 역시 마찬가지였다.

진오는 소녀의 아버지가 누워 있는 방을 수색했다. 소녀의 아버지는 의식이 없는 상태였지만 언제든 깰 수 있었기에 조심스럽게 방을 수색했다. 철수는 문가에 서서 누가 오지 않는지 망을 봤다.

집 내부를 살피고도 증거를 찾지 못하자 집 뒤편과 마당까지 수색했다. 집 뒤편에는 장독대 몇 개가 놓여 있었다. 뚜껑을 열어보니 김치와 간장이 들어 있었다. 철수는 소매를 팔꿈치까지 걷어 올려서 장독대 안으로 손을 집어넣었다. 그곳을 헤집어 봤지만 증거가 될 만한 어떤 것도 없었다. 철수는 마당 수돗가에서 손을 씻었다. 마루에 걸터앉아 있던 진오가 물었다.

"뭣 좀 나왔어?"

"아무것도 없었습니다. 뭣 좀 발견하셨습니까?"

진오는 고개를 가로저었다.

철수와 진오는 거처로 돌아왔다. 어떤 증거도 없었으니 소녀에게서 어떻게 자백을 끌어낼지 고민이었다. 철수는 어쩌면 상태의 말을 너무 쉽게 믿었는지도 모른다고 생각했다.

"이장이나 진상태의 집도 수색해볼까?"

진오의 물음에 철수는 고개를 가로저었다.

"집에 있으리라는 보장도 없고, 자칫하다 들키면 이 좁은 섬에서 뒷감당 못할 일이 벌어질지도 몰라요."

진오는 고개를 끄덕였다. 철수는 한참 생각한 끝에 가져온 물건을 하나씩 꺼냈다. 그것들을 바라보다가 진오를 쳐다봤다.

"가져오신 물건들 좀 볼 수 있을까요?"

"그래."

진오가 가방을 건네주었다. 철수는 그곳에 있던 물건들을 모두 꺼내서 바닥에 펼쳐 놓았다. 잠시 생각에 잠겨 있던 철수가 나침반을 들었다.

"거기에 나침반도 있었나? 근데 그걸로 뭐하게?"

철수는 골똘히 생각에 잠겨 있느라 대답하지 않았다. 바닥에 있던 물건들을 유심히 바라보던 철수가 거처 밖으로 나갔다.

"어디 가?"

"금방 다녀오겠습니다. 선배님은 쉬고 계십쇼."

진오는 철수가 도대체 무엇을 하려는지 궁금한 표정으로 바라보았다.

잠시 후 철수가 다시 거처로 돌아왔다. 그의 손에는 무엇을 들고 있었다.

"다행히 이장 집에 있었네요."

그것은 구리선과 못, 그리고 건전지였다.

"그런 게 다 있었어?"

"구리선은 전선 피복을 벗겨 낸 거고, 못은 창고에 있었어요. 건전지는 시계에서 빼온 거구요."

철수는 못에 구리선을 여러 번 감더니 그 구리선 양 끝을 건전지에 연결했다. 그러고 나서 나침반에 갖다 대니 나침반 바늘이 그것을 따라 움직였다.

"어?"

진오가 놀랐다.

"섬에 자석이 없더라고요. 그래서 전자석을 만들어봤어요."

철수가 자리에서 일어났다.

"가시죠."

"응? 응."

진오는 철수를 따라 밖으로 나갔다.

철수와 진오는 다시 서희의 집으로 향했다. 철수는 핸드폰 녹음 기능을 켰다. 서희는 철수와 진오를 물끄러미 바라보았다. 집 마루에 걸터앉은 철수는 주머니에서 나침반을 꺼내 마룻바닥에 내려놓았다. 서희는 아무 말 없이 나침반을 바라보았다. 철수는 손가락으로 나침반을 가리키며 말했다.

"혹시 거짓말 탐지기라고 들어 봤니?"

서희는 고개를 가로저었다.

"최근 미국에서 들어온 건데, 거짓말하면 이 기계가 단번에 알아낼 수 있어."

서희는 또다시 나침반을 바라보았다. 진오는 그제야 철수의 의도를 알게 되었다.

"그럼 한번 해볼까? 바다는 무슨 색이지?"

"파란색이요."

"그렇지. 바다는 파란색이야. 그럼 바다는 빨간색이다."

철수가 손목을 약간 움직였다. 소매 아래에는 거처에서 만든 전자석이 숨겨져 있었다. 그것을 나침반 가까이 가져다 대니 나침반 바늘이 돌아갔다.

"봐. 거짓말을 하면 바늘이 이렇게 움직이지?"

서희는 나침반을 가만히 바라보았다.

"옆집 아기를 본 적 있니?"

철수의 물음에 서희는 아무 대답도 하지 않았다. 잠시 후에야 대답했다.

"아니요."

철수는 서희가 눈치 채지 못할 정도로 자연스럽게 손을 움직였다. 철수의 움직임은 그저 마룻바닥에 팔을 짚는 것처럼 보였다. 나침반이 움직였지만 서희는 당황하는 기색 없이 무표정했다.

"거짓말이네?"

확신할 수 없었지만 철수는 한번 떠본 것이었다.

"네가 아기를 데려갔니?"

서희는 곧바로 대답하지 않다가 입을 열었다.

"아니요."

철수는 나침반을 거짓말 탐지기로 알고 있는 서희가 이번에는 거짓말할 리가 없다고 판단하고 가만히 있었다. 손짓을 하지 않자 나침반은 움직이지 않았다. 서희는 그것을 보았다. 철수는 다른 질문을 했다.

"아기를 본 적이 있니?"

"네."

이번에는 진오가 물었다.

"어디서?"

서희는 또다시 입을 다물었다. 동시에 철수는 질문이 잘못됐다고 생각했다. 거짓말 탐지기는 '네, 아니오'로 대답해야 참과 거짓을 판별할 수 있으니까.

"아기가 살아 있니?"

철수의 물음에 서희는 잠시 머뭇거리다가 대답했다.

"모르겠어요."

진오는 답답함을 참지 못하고 물었다.

"이제 전부 사실대로 말해줄 수 없어?"

서희는 진오를 응시했다.

"뭘 믿고요?"

"아저씨들은 경찰이야."

철수의 말에 서희는 똑바로 바라보았다.

"말해봤자 달라지는 게 있을까요?"

철수는 말문이 막혔다. 물론 이런 지점들을 바로잡고자 경찰이 됐지만, 자신만 해도 불과 얼마 전까지 누구보다 공권력을 불신했었다. 그런 자신이 소녀를 설득하는 데 경찰이라는 신분을 이용하려 한 점이 스스로 한심했다.

철수와 진오는 서희와 떨어져서 얘기를 나눴다.

"일단 저 애한테 들어야 하는 게 있는 건 분명하네."

"네. 그런데 뭔가가 입을 막고 있는 것 같아요."

철수의 말에 진오가 고개를 끄덕였다.

"마음을 여는 게 우선이겠군."

"어떻게 하죠?"

"글쎄."

진오는 한숨을 내쉬었다. 당장 뾰족한 수가 없어 보였다.

다시 서희의 집 마루에 걸터앉은 철수가 소매에 감추고 있던 전자석을 보여주었다.

"일단 속여서 미안해. 이건 거짓말 탐지기가 아니야. 그저 나침반과 자석일 뿐이지."

철수가 전자석을 움직이자 나침반 바늘이 움직였다.

"네가 신고했지?"

서희는 철수를 계속 바라보기만 했다.

"우릴 안 믿어도 좋아. 하지만 우린 조사가 끝나면 돌아갈 거야. 그럼 여기는 이전과 똑같아질 거야."

서희는 아무 대답도 하지 않았다.

"우릴 믿을지 말지는, 네가 선택해야 해."

고민하던 서희가 마침내 입을 열었다.

"살아봤자 의미가 있을까요?"

"뭐?"

"정화 언니가 말했어요. 슬아가 살아봤자 의미가 없다고요. 저도 그렇게 생각하고요."

철수와 진오는 잠잠히 들었다.

"아기 엄마가 네게 무엇을 부탁했구나. 그리고… 아기는 여아였을 거고."

철수의 말에 서희가 고개를 끄덕였다.

"부탁은 뭐였니?"

"만에 하나 믿을 만한 사람이 오면 아기가 있는 곳을 말해 주라고요."

철수가 갑자기 다른 말을 했다.

"넌 어떠니…? 괜찮니?"

철수의 물음에 서희도 다른 말을 했다.

"정화 언니는 슬아를 안고 절벽에 서 있었어요. 뛰어내리려는 것을 본 저는 그러지 말라고 했어요. 언니는 슬아가 살아봤자 아무 의미가 없다고 했어요. 결국 자신과 똑같은 일을 당할 거라 했어요. 경찰도 전부 한통속이라 믿으면 안 된다고 했어요."

서희는 숨을 고르고 말을 이었다.

"그래서 제가 말했어요. 믿을 만한 사람이 올지도 모르니 그렇다면 사실대로 말하고, 아니면 슬아를 내버려 두겠다고 했고요."

서희의 말에 철수와 진오는 아무 말도 하지 못했다.

모든 윤곽이 뚜렷해졌다. 어젯밤 이장과 칠복의 대화, 그리고 칠복이 남의 아기에 집착하는 이유도 알 것 같았다.

서희가 앞장서서 산을 올랐다. 철수와 진오는 그 뒤를 따랐다. 산 중턱쯤에 도착하자 서희는 나무 주변을 살피더니 어느 한 곳을 가리켰다.

"저기예요."

철수와 진오가 달려갔다. 철수가 재빨리 나뭇잎 더미를 걷어내자 두꺼운 솜이불에 싸인 아기가 작게 파인 곳에 들어 있었다. 진오가 재빨리 아기를 들어 안고 숨이 붙어 있는지 확인했다. 진오의 표정이 싸늘하게 변했다.

"아… 아아."

뒤에 서 있던 서희가 허겁지겁 달려와 낯빛이 이미 보라색이 되어버린 슬아의 얼굴을 보고는 철퍼덕 주저앉았다. 그러고는 말을 잇지 못한 채 얼굴이 붉어지더니 하염없이 눈물을 쏟아냈다. 철수는 하늘만 바라보고 있었다. 지금 이 어처구니없고 말로 하기도 어려운 비극적인 상황에, 그리고 한순간이나마 저다지도 가여운 아이의 얼굴에서 한길을 떠올렸다는 사실에 스스로가 진절머리 났다.

'…제가 파묻었어요.'

철수와 진오는 이장에게 녹취한 대화 내용을 들려주었다. 이장은 그것을 듣고 아무 말도 하지 않았다.

"아이가 자백했습니다. 경찰서로 데려가서 조사하겠습니다. 배를 불러주시겠습니까?"

철수와 진오의 목표는 이장과의 실랑이가 아니라, 서희를 마을 밖으로 탈출시키는 것이었다. 서희를 육지로 데려갈 명분으로 녹취록을 틀었다. 진오의 말에 이장은 고개를 끄덕였다.

"배는 불러드리겠습니다. 하지만 그 애는 여기 두고 가시오."

철수는 고개를 가로저었다.

"그건 안 됩니다. 아이를 데려가야 합니다."

"그럼 애가 처벌 받을 텐데요. 우리 마을 아이인데, 그럴 수는 없소."

철수는 고개를 가로저었다.

"만 14세가 되지 않은 촉법소년이라 처벌은 받지 않을 겁니다."

"그 애는 출생신고를 늦게 했소. 실제 나이는 열일곱? 열여덟 살쯤 됐을 거요. 그것을 증명해줄 사진도 있지요."

"그럼 마땅한 처벌을 받으면 됩니다."

"우리 마을에는 우리 마을의 법이 있소. 우리 마을에서 벌어진 일이니 우리 식으로 처리하겠소. 그러니 외지인은 빠져 주시게."

이장의 느긋하면서도 단호한 말투에 더는 어색한 연극을 견디지 못한 철수가 진오의 허리춤을 뒤져 리볼버를 꺼내 허공에 방아쇠를 당기자 탕! 하는 소리와 함께 공포탄이 울렸다.

"이 짐승만도 못한 것들."

철수가 어금니를 깨물며 말했다.

"어허, 무슨 소리인지 모르겠소만."

이장은 표정 변화 없이 시치미를 뗐다.

"서희는 저희와 같이 갈 겁니다."

철수의 말에 이장이 비웃었다. 공포탄 소리를 들은 상태와 칠복, 이장의 아들을 비롯한 마을 남정네들이 괭이와 낫, 도끼를 들고 슬렁슬렁 몰려들었다.

"여태 저지른 죄는 몰라도, 지금 당신들 모두 특수공무집행방해죄로 처넣을 수 있어."

"허허, 그것도 전부 이 섬에서 나가야 할 수 있는 이야기 아니겠소?"

이장은 느릿한 걸음으로 마을 사람들 무리에 합류했다. 철수와 진오, 서희는 그들에게 둘러싸이게 되었다. 철수와 진오는 등을 보였다가 무슨 일을 당할지도 모른다는 생각에 서로 등을 맞대었다. 철수가 겨누고 있는 리볼버를 보고 이장이 말했다.

"공포탄 한 발에 많아야 네댓 발 정도일 텐데, 이 사람들을 전부 제압할 수 있겠소?"

"걱정 붙들어 매십쇼. 쏘게 되면 이장님한테는 잊지 않고 꼭 한 발 선물할 테니까."

철수가 지지 않고 맞받아쳤지만, 이장의 말이 틀리진 않았다. 스미스 앤드 웨슨 모델 60의 약실에는 다섯 개의 실탄이 들어간다. 더군다나 규정상 첫 번째 약실에는 안전의 이유로 공실로 두고, 두 번째 약실에는 공포탄이 들어가기 때문에 실탄은 세 발에 불과했다. 여분의 실탄은 챙겨오지 않았다.

일촉즉발의 팽팽한 분위기를 깬 건 서희였다. 서희가 철수를 톡톡 건드렸다.

"이제 됐어요."

"아저씨들이 섬에서 나가게 해줄게. 조금만 기다려."

그러자 그게 아니라는 듯 서희가 걸어 나와 철수의 앞을 막아서며 고개를 저었다.

"저는 못 나가요."

"아니야, 아저씨들만 믿어."

"그런 말이 아니예요. 아버진 마지막은 고향에서 보내고 싶다고 하셨어요. 전 아버지 곁을 떠날 수 없어요."

"아버지 때문에? 걱정 마. 이 사람들 전부 처넣을 테니까."

서희는 다시 고개를 크게 저었다. 대화의 흐름을 읽은 이장이 손짓하자 마을 사람들은 들고 있던 농기구를 내리며 경계 태세를 풀었다.

"이 섬에는 이곳만의 규칙이 있소. 그게 여태 이 섬을 유지해왔지."

"그게 사람이 할 짓이란 말이야?!"

철수가 외치자 이장이 헛웃음을 터뜨렸다.

"허허, 저 애 아비라고 달랐을까?"

이장의 말에 서희는 고개를 떨어뜨렸다. 철수는 이장이 왜 그렇게 차분했는지 알게 되었다. 섬의 남자들을 전부 체포한다면 서희의 아버지도 그 명단에서 빠질 수 없을 터였다.

"이쯤에서 마무리하는 게 피차 좋지 않겠소?"

이장이 이제 끝났다는 표정으로 마지막 말을 했다.

"배를 부를 테니 섬에서 떠나주시오. 따로 마중은 않으리다."

이장이 먼저 몸을 돌리자 마을의 남성들도 자리에서 떠났다. 철수는 아무것도 할 수 없는 무력함에 입술을 깨물고 가만히 서 있었다. 이런 허탈한 결과에 자신이 도대체 뭘 할 수 있는지, 그리고 뭘 해야 하는지 알 수 없었다.

"괜찮겠니?"

배가 오길 기다리며 철수가 묻자 서희는 고개를 끄덕였다. 철수는 경찰도 다 한통속이라는 서희의 말이 머릿속에서 떠나질 않았다.

"근데 어떻게 우릴 믿고 전부 말한 거야?"

"더 늦으면 슬아가 죽을지도 모른다고 생각했어요…. 결국 늦었지만요."

철수는 아무 말도 하지 못했다.

"그리고 그런 건 느낌으로 알 수 있어요. 아저씨들은 여기 사람들과 다르다는 걸요."

철수는 서희를 바라보았다.

"이렇게까지 해줄 줄 몰랐어요. 정말 고마워요. 그리고 거짓말 탐지기가 가짜라는 건 저도 알고 있었어요. 섬에서 산다고 나침반도 모를까 봐요."

서희의 얼굴에는 처음으로 미소라 부를 만한 무언가가 자그맣게 생겨났다.

잠시 후 배가 선착장에 도착했다. 철수와 진오는 배에 몸을 실었다. 철수는 섬이 점으로 보일 때까지 그곳에서 눈을 떼지 못했다. 섬이 이윽고 시야에서 사라지고서야 시선을 거두고 진오가 있는 갑판으로 갔다. 진오는 섬을 등진 채 갑판에 서서 담배를 피우고 있었다.

"여기는 다 이런 식인가요?"

"…대부분. 전부는 아니지만."

진오가 담뱃갑을 철수에게 내밀자 철수가 고개를 저었다. 진오가 철수를 쳐다봤다.

"근데 넌 왜 여기 발령 난 거야? 성적도 좋았다며."

"아무 곳이든 상관없었어요. 범죄야 어디서든 일어나니까요."

"범죄는 도시에도 충분히 많을 텐데?"

"도시에서 더 많이 발생하긴 하죠. 근데 CCTV 덕분에 강력 범죄는 예전보다 많이 줄어들었잖아요. 그럼 심각한 범죄는 치안 사각지대에서 발생하겠죠."

진오는 담배 연기를 길게 내뿜었다.

"네 말대로 여긴 치안 사각지대야. 어떤 의미에서는 부당함이 일상이 돼버린 곳이지. 이 동네에서 경찰은 그냥 잠깐 들러서 귀찮게 하는 방해꾼 역할밖에 못 해. 아니, 정확하게는 허수아비 수준이야."

철수는 진오의 말을 잠잠히 들었다.

"부서에 선배라는 놈들 보고 한심하다고 생각했지?"

진오가 씁쓸하게 말을 이었다.

"그 녀석들이라고 처음부터 그랬을 것 같아? 직접 부딪쳐보니 알게 된 거지. 나서 봤자 아무것도 할 수 없다는 걸. 그래서 팀장님도 그렇게 사정하듯 부탁하는 거고."

"그래도 끝까지 해봐야죠."

철수의 말에 진오가 헛웃음을 터트렸다.

"처음엔 다들 그렇게 생각해. 근데 아무리 애써봤자 단단하게 자리 잡은 시스템을 부술 순 없더라고. 애쓰는 사람 하나 바보 만드는 건 일도 아니더란 말이야. 그렇게 점차 무기력해지다가, 타성에 젖고 스스로 합리화하게 되는 거지. 어쩔 수 없다고 말이야."

진오는 잠시 말을 멈추었다.

"그러다 보니 벌써 이 나이야. 떠날 때를 놓쳐버린 거지."

"…."

"중경에서 배울 때 현장이 먼저다, 제일 중요하다고들 하지? 근데 정말 그런 문제들을 바꾸고 싶으면 이런 곳에선 답이 없어. 적어도 이런 사각지대에선."

"그럼요?"

"나도 잘 모르겠다, 이제. 다만 그래도 하나 말해본다면… 시스템을 바꾸려면 그만큼의 힘이 필요하다는 거."

진오가 잠시 말을 멈추었다가 다시 이었다.

"그러니까 여기서 시간 낭비하지 말고 우선은 진짜 네 역량을 펼칠 수 있는 곳으로 가. 이런 곳은 아무리 날고 기어봤자 혼자서는 할 수 있는 게 없어. 갓 들어온 놈한테 할 말은 아니지만, 빨리 1급서로 전출 신청해놔. 차근히 네 힘으로 할 수 있는 것들부터 해봐. 넌 뭔가 해낼 것 같은 싹수가 보여."

철수는 묵묵히 고개를 끄덕였다. 주머니에 손을 집어넣고 있던 철수는 뭔가를 느끼고 그것을 꺼냈다. 나침반이었다.

“죄송해요. 고장 나버렸네요.”

“괜찮아. 어차피 필요도 없어.”

철수는 진오의 낚시 가방을 바라보았다.

“낚시 못해서 어떡해요? 포구에 도착하면 조금이라도 하고 가실래요?”

“됐어. 빨리 집에 들어가야지. 마누라 등쌀 생각하면.”

철수는 고개를 끄덕였다.

“너 속으로 나도 한심하다고 생각했지?”

“아니요. 설마요.”

철수는 눈치 하난 빠르다고 생각했다.

배는 물살을 가로지르며 앞으로 나아갔다. 날씨는 무령도로 갈 때와 달리 맑았고, 파도는 잔잔했다.

철수가 서희의 소식을 듣게 된 것은 1급서로 이동하고도 몇 년 후의 일이었다. ‘산후 우울증으로 말미암은 섬마을 살인사건’이라는 앵커의 멘트에 저절로 TV로 고개가 돌아갔다. 제때 조치를 받지 못한 산후 우울증 환자가 우울증을 못 이겨

밤중에 잠자는 남편을 찌르고, 아기와 함께 투신해 삶을 마감했다는 충격적인 사건이었다. 마을 이장은 죽은 아들에 대해 눈물을 쏟으며 인터뷰했다. 그 장면을 보던 서의 주변 형사들은 저들끼리 쑥덕였다.

"아니, 아무리 섬이라도 그렇지, 저 여자는 문제가 심각했던 거 같은데?"

"저 이장은 자식 내외와 손주까지 한 번에 전부 잃었네…."

이 사건을 두고 사람들이 알 수 있는 것은 그저 산후 우울증에 걸린 여자 하나와, 그로 말미암아 희생된 남편. 그리고 갓난아기의 애꿎은 죽음에 관한 이야기뿐이었다.

쾅!

철수가 갑자기 책상을 내려쳤고, 일순 주변의 모든 시선이 철수를 향했다.

"아니, 김 형사. 갑자기 왜 그래?"

"무슨 일 있어?"

평소와 달리 분명 어딘지 이상한 철수를 보고서 주변에서 한마디씩 걱정을 보탰지만, 철수는 고개를 숙인 채로 아무런 대답도 하지 않았다. 아니, 대답할 생각도 못 했다. 치밀어 오르는 울화에 주변의 소리가 들리지 않았기 때문이다. 다들 걱정과 우려가 섞인 시선을 하나둘 다시 뉴스 화면으로 돌릴

즘, 철수는 부들거리는 손으로 저린 가슴을 움켜쥐었다. 철수는 이들에게 자신이 보고 들은 것들을 전할 수도, 전할 자신도 없었다.

철수 삼촌

2022년 7월 20일 초판 1쇄 | 2022년 8월 12일 3쇄 발행

지은이 김남윤
펴낸이 박시형, 최세현

책임편집 박현조 **디자인** 박선향
마케팅 양봉호, 양근모, 권금숙, 이주형 **온라인마케팅** 신하은, 정문희, 현나래
디지털콘텐츠 김명래, 최은정, 김혜정 **해외기획** 우정민, 배혜림
경영지원 홍성택, 이진영, 임지윤, 김현우, 강신우
펴낸곳 팩토리나인 **출판신고** 2006년 9월 25일 제406-2006-000210호
주소 서울시 마포구 월드컵북로 396 누리꿈스퀘어 비즈니스타워 18층
전화 02-6712-9800 **팩스** 02-6712-9810 **이메일** info@smpk.kr

ISBN 979-11-6534-375-0 (03810)